Ungleich ist der Mensch –
Ungleich sind die Stunden

Eine Anthologie
des Deutschen Autoren-Verbandes

Verlag Lax Hildesheim

Die Deutsche Bibliothek – CIP-Einheitsaufnahme

Sprache – Spiegel der Zeit: ungleich ist der Mensch – ungleich sind die Stunden; eine Anthologie des Deutschen Autoren-Verbandes DAV zu seinem 50jährigen Bestehen. – Hildesheim: Lax, 1996
ISBN 3-8269-0620-9
NE: Deutscher Autoren-Verband

Anthologie 1996

herausgegeben vom Deutschen Autoren-Verband e. V., Hannover
mit freundlicher Unterstützung der Stadtsparkasse Hannover
und der Calenberg-Grubenhagenschen Landschaft, Hannover
Textbeiträge: Mitglieder des Deutschen Autoren-Verbandes e. V.

erschienen im Verlag Lax GmbH & Co. KG, Hildesheim
1. Auflage 1996

Sprache – Spiegel der Zeit
1946–1996
50 Jahre Deutscher Autoren-Verband

Lebensgefühl, Aufbauwille, demokratische Orientierung waren entscheidend für die Gründung des Deutschen Autoren-Verbandes (DAV) im Jahre 1946, ein Jahr nach dem Ende des 2. Weltkrieges, ein Jahr, in dem Deutschland noch in Trümmern lag. Dr. Josef Nowak, Hildesheim, ein Dramatiker, ein Schriftsteller ergriff die Initiative und gründete im Oktober 1946 den Deutschen Autoren-Verband. Nach einer unrühmlichen Zeit von Ignoranz und Intoleranz sah Dr. Nowak die Aufgabe des Schriftstellers darin, mittels Sprache kulturelle Werte wieder in den Mittelpunkt des Lebens zu rücken. Seinen Gedanken folgte zielgerichtetes Umsetzen, der Erfolg stellte sich ein.

„Ungleich ist der Mensch – ungleich sind die Stunden" – der Titel dieses Buches läßt den Inhalt erahnen. In Kurzgeschichten, in Lyrik haben Autorinnen und Autoren des DAV ihre Erfahrungen, ihre Erlebnisse literarisch verarbeitet. Berücksichtigt wurden Beiträge, die in ihren Aussagen die Zeit widerspiegeln: die Trostlosigkeit der Menschen, die nach Kriegsende weiter leiden sollten, das sich nach und nach wieder normalisierende Leben. – Erstmals drang ein Mensch in das Weltall vor. Die Bundesrepublik Deutschland war wieder aufgebaut. Das Wirtschaftswunder ermöglichte es den Bürgern, in das Ausland zu reisen. Die heranwachsende junge Generation lebte im Wohlstand. In dieser Zeit hat auch der Mensch sich verändert in seinem Verhalten, in seinen Ansprüchen an Gesellschaft und Staat.

Eine unterhaltsam-ernste, aber auch heitere Dokumention der Zeit.

Margarete Röder

Günter K. P. Starke

FREMDE STRASSE

Weite –.
Steine, Morast.
Bäume neigen sich im Wind – nackt,
wenden sich ab
von den Suchenden.

Kälte –.
Tränen, regentropfengleich –
durch Qual und Leid –
setzen sich nieder, versiegen
in fremde Erde.

Hoffnung –.
Ein Sonnenstrahl
fällt in den Raum, flüchtig.
Irrlicht, Halluzinationen
der Kreaturen.

Günter K. P. Starke

Spaziergang am Morgen

Leise schloß ich die Gartentür. Das Dorf lag noch in tiefem Schlaf. Ein kühler Sommermorgen. Ich schlug den Weg zum Dorfausgang ein, vorbei an vertrauten Häusern, Gärten und Plätzen. Kein Laut war zu hören. Stille herrschte noch überall. Am Dorfrand blieb ich einen Moment stehen. Vor mir lag die Landschaft in ihrer ganzen Pracht eines Sommermorgens. Wie ein großer, weißer Schleier schwebte der Nebel über der Erde. Es war, als beschütze er den Schlaf der Natur.

Tief sog ich die klare, herrliche Luft ein. Dann schlenderte ich weiter. Neben dem Weg floß ruhig der kleine Bach. Selbst er schien sein sonst so lustiges Plätschern vergessen zu haben. Die dünnen Zweige der Birken, die hier und da am Ufer des Baches standen, bewegten sich nicht. Kein Rauschen der Blätter. Herrliche Stille.

Dort, wo der Weg abbog und sich durch die Felder zum Wald schlängelte, blieb ich noch einmal stehen und sah mich um. Hinter einer Gruppe von Weiden lugte das Dach unseres Hauses hervor. Und rechts davon auf dem Hügel die Windmühle. Ihre Flügel standen still. Es sah aus, als zeigte der eine wie ein mahnender Finger zum Himmel. Es war, als sagte alles – weckt nicht den Schlaf der Natur. Wie ein Traum wandelte ich weiter. Links und rechts die hohen Halme weiter Felder. Über mir blasser Himmel.

Einmal kam ich in die Versuchung, mir einen Strauß von den wunderschönen Kornblumen zu pflücken, aber meine Hände machten nur eine hilflose Bewegung. Ich ging weiter.

Bald hatte ich den Wald erreicht. Gespenstisch standen die Baumriesen vor mir. Ihre dicken Äste strecken sich mir entgegen, als verwehrten sie mir den Eintritt. Einen Augenblick zögerte ich, dann betrat ich vorsichtigt, jeden Laut vermeidend, den Waldweg, der zum nahen See führte.

Kühle Luft schlug mir entgegen. Auch hier lag noch alles im Schlaf. Kein Windhauch. Andächtig schritt ich unter dem hohen Blätterdach dahin. Hin und wieder konnte ich durch das Gewirr der vielen Blätter den Himmel sehen.

Plötzlich schreckte ich zusammen. Ein Vogel zwitscherte sein Morgenlied. Ich hielt meinen Atem an und lauschte angestrengt diesem herrlichen

Gesang. Wundervoll klang seine Melodie durch den Morgen. An den Bäumen hinaufsehend spähte ich nach dem kleinen Sänger aus; aber nirgends konnte ich ihn entdecken. Immer wieder blieb ich stehen und lauschte in die Richtung, aus der nun der aufkommende milde Wind mir die hellen Töne zutrug. Überall rührte es sich jetzt. Erst noch verhalten, dann immer deutlicher – fast spürbar. Im Gebüsch raschelte es, Zweige knackten – der Wald, die Natur fing an zu atmen. Schüchtern warf die Sonne ihre ersten Strahlen durch das Gezweig der Bäume. Und wo ihre Strahlen hinfielen, tauchten sie alles in ein wunderbares Licht, der Wald fing an zu leben.

Von rechts schlängelte sich wieder ein kleiner Bach aus dem Wald. Munter und lustig murmelnd plätscherte er neben mir her. Jetzt kreutzte er meinen Weg. Ein kleiner Steg führte hinüber auf die andere Seite. Ich blieb stehen und schaute in das sich schnell bewegende Wasser. Ein Blatt, das in den Bach gefallen war, tantzte leicht auf der Wasseroberfläche heran und verschwand unter mir. Der Wald lichtete sich, und ich sah auf die silberglänzende Oberfläche des Waldsees. Für einen kurzen Moment schloß ich die Augen und nahm dieses herrliche Bild in mich auf. Dann trat ich näher. Hier hatte die Sonne die Nebelschwaden schon zerfetzt. Und ihre Strahlen spielten mit den unzähligen Tautropfen, die überall auf den Sträuchern und Halmen saßen. Der ganze See und alles um mich herum so weit meine Augen sehen konnten, glänzte und glitzerte, als hätte man Tausende von Diamanten und Edelsteinen ausgeschüttet.

Ein Plumpsen ließ mich in die Wirklichkeit zurückkehren. Vor mir war ein Frosch in den See gesprungen. Noch eine kleine Weile habe ich so gestanden und die immer größer werdenden Kreise auf dem Wasser beobachtet. Dann schlug ich den Heimweg ein.

Als ich das Blätterwerk des Waldes verließ, empfing mich strahlender Sonnenschein und ein herrlicher blauer Himmel. In der Ferne stieg eine feine Rauchwolke zum Himmel. Sie kam aus dem Schornstein des Hauses hinter den Birken. Die Flügel der Windmühle drehten sich schnell, als winkten sie – komm, komm heim! Der Tag war erwacht.

Günter K. P. Starke

Doch das Leben geht weiter

Es regnete. Und der Wind wehte. Und die Blätter fielen. Irene Feldmann stand am Fenster ihres Zimmers und sah hinaus in den Garten.
Es wurde Herbst.
Die vielen Jahre des Wartens waren vorbei. Nun hatte sie endlich die Gewißheit, die sie so sehr herbeigesehnt hatte. Ihr Mann lebte, war nicht mehr vermißt.

Mit einer müden Handbewegung strich sie sich über die Augen. Noch konnte sie es nicht begreifen. Nach zehn Jahren sollte sie Heinz wiedersehen. Sie sollte wieder mit ihm zusammen sein. „Warum freue ich mich nicht?“ dachte sie. „Ich müßte mich doch jetzt freuen.“

Der Regen lief an den Scheiben hinunter – gleich großen Tränen. „Warum weine ich nicht“, dachte sie. „Nein, nicht weinen. Lachen müßte sie. Jawohl, lachen. Lachen über das Leben.“
Sie lachte laut. Aber dann weinte sie doch – hemmungslos.

Jahrelang hatte sie gewartet. Auf eine Nachricht, auf ein winziges Zeichen. Nichts. Immer wollte sie eine Gewißheit. Sie wollte wissen, ob er lebte oder tot war. Jetzt wußte sie es – er lebte.
Warum nur erst jetzt? Verzweifelt ging sie im Zimmer hin und her. Jeden Moment mußte Georg kommen. Wie sollte es ihm nur sagen. Sie konnte ihm nicht so weh tun. Nein, sie konnte es ihm nicht sagen. Und es würde ihm bestimmt weh, sehr weh tun.

Aber die Tatsache war doch, daß Heinz zurückkam.
Sie mußte sich jetzt zur Ruhe zwingen. Georg sollte sie nicht weinen sehen. Mit zitternden Händen nahm sie das Bild von Heinz vom Schreibtisch und betrachtete es. Erinnerungen wurden wach. Erst ganz schwach, dann deutlicher. Gewiß hatte sie ihn geliebt – damals. Den jungen Leutnant. Und sie hatte auch nicht gezögert, als er sie fragte, ob sie seine Frau werden wollte.

Es war eine schöne Hochzeit. Und die Leute sagten, daß sie ein schönes Paar seien. Aber es war Krieg. Nur kurze Zeit dauerte ihr Glück. Heinz mußte an die Front. Und sie träumte von einem späteren Glück. Aber es blieb nur ein

Traum. Er kam nicht wieder. Nur ein Brief kam. Man schrieb ihr, daß ihr Mann vermißt war.

„Vermißt ist nicht tot", dachte sie damals. Und sie hoffte, bangte und wartete.

Die Zeit verging. Und das Leben ging weiter. Sie war allein, bis – ja bis Georg Berger in ihr Leben trat.
Sie war nicht mehr das kleine Mädchen von damals. Wenn sie sich auch anfangs gegen diese Liebe gewehrt hatte, so mußte sie doch bald erkennen, daß sie diesen Mann so liebte, wie man nur einen Menschen lieben konnte. Als Georg sie fragte, ob sie mit ihm nach Australien gehen würde, hatte sie ohne Zögern zugestimmt.
Und jetzt diese Karte.
Irene wurde aus ihren Träumen gerissen. Es hatte geklingelt. Das war Georg, fuhr es ihr durch den Sinn. Sie stellte das Bild zurück und ging, um die Tür zu öffnen.
Georg begrüßte sie in seiner ruhigen und höflichen Art. „Guten Tag, Irene".
„Guten Tag, Georg". Sie versuchte, ihre Nervosität zu verbergen. „Hast du eine gute Fahrt gehabt?" fragte sie.
„Ja, habe ich, meine Liebe." Er lächelte. „Und denk dir, unser Schiff geht schon in drei Tagen. Wir hätten auch schon morgen fahren können, aber wir wollen doch nichts überstürzen. Mein Gott, wie ich mich freue!"
„Ja, wir wollen nichts überstürzen." Irene sah Georg an. Er freute sich wirklich. In ihrer Kehle zog sich etwas zusammen. Sie mußte sich beherrschen, um nicht laut loszuweinen.
„Irene, was ist denn mir dir? Freust du dich denn nicht?" fragte er.
„Georg!" Mehr konnte sie nicht sagen. Sie weinte.
„Irene, was ist denn passiert?" Besorgt faßte er sie um die Schulter. Er strich über ihr Haar. „Sie hat schönes Haar", dachte er.
Sie konnte es ihm nicht sagen. Sie brachte es einfach nicht übers Herz.
„Weine, Irene, weine," sagte er. „Ich kann mir vorstellen, daß es für dich nicht einfach ist. Aber wenn wir erst in Australien sind, dann wirst du schnell darüber hinwegkommen. Australien ist weit – sehr weit."

Er stand auf und ging zum Fenster. Wie er diese Frau liebte. Sie hatte ein schweres Schicksal zu tragen. So schön wie nur möglich wollte er ihr das Leben machen. „Es ist nur diese Umgebung, die sie immer wieder an die vergangenen Jahre erinnert", dachte er.
Er wußte auch, daß sie eines Tages weinen würde. Und er wartete geduldig. Sollte sie nur weinen. Wie gut konnte er sie verstehen.

Irene beruhigte sich. Sie sah ihn am Fenster stehen. „Du großer starker Mann“, dachte sie. „Gleich wirst du zusammenbrechen. Nein, nicht äußerlich. Da wirst du stark bleiben. Du wirst mir nicht zeigen, wie weh es dir tut.“
Und dann gab sie sich einen Ruck. „Ich kann nicht mit dir fahren, Georg!“ Ihre Worte polterten wie schwere Steine in den stillen Raum. Sie sah, wie er zusammenzuckte.
„Du kannst nicht mit mir fahren?“ Seine Stimme war verändert. Ihre Worte hatten sein Inneres aufgewühlt. Was sollte das bedeuten? Das war doch nicht seine Irene. Was war geschehen?
„Nein, Georg, ich kann nicht mitfahren. Jedenfalls nicht jetzt!“
Sie zeigte auf den Tisch. Georg sah die Karte liegen.

„Für mich?“ fragte er.
„Für uns.“
Etwas unsicher nahm er die Karte und las. Sein Gesicht wurde ernst. Fragend sah er Irene an. „Das kann doch nicht wahr sein? Nach all den Jahren!“
„Doch Georg, es ist wahr. Heinz hat die Karte selbst geschrieben. Er kommt zurück.“
„Ich freue mich für deinen Mann.“ Seine Stimme war trocken. Er legte die Karte zurück. „Und was soll nun werden, Irene?“
„Ich weiß es nicht. Ich weiß nur, daß ich dich liebe! Aber wir müssen jetzt vernünftig sein, Georg!“
„Das heißt also, daß du zu ihm gehst?“
„Nein – ja!“. Sie wußte nicht, wie sie es ihm sagen sollte. Warum war nur alles so schwer?

„Auf alle Fälle werde ich ihm die Wahrheit sagen!"
Er faßte sie an die Schultern und sah ihr in die Augen. „Du liebst mich doch noch, Irene?" – „Ja, Georg, ich liebe dich und werde dich immer lieben!"
Er fühlte, sie sagte die Wahrheit. Sie sah ihn unsicher an. „Aber du, Georg? Liebst du mich nun auch noch ?" Georg nahm ihren Kopf in seine Hände und küßte sie. Ja, er liebte sie.
Er drehte sich um und sah aus dem Fenster. „Wann wirst du fahren?"
„Morgen früh", sagte sie müde. Als er jetzt nichts sagte, rief sie erregt: „Du wirst doch auf mich warten! Es hat sich doch nichts zwischen uns geändert, Georg!"

Plötzlich hatte sie Angst, große Angst. „Wir können doch später fahren! Laß mir doch etwas Zeit!"
Georg sah sie an, „Du weißt, ich würde dir die Zeit lassen, aber wir haben keine Zeit, Irene."
„Du willst mich doch nicht allein lassen – jetzt? Nein, du darfst mich jetzt nicht allein lassen! Hörst du, Georg? Du darfst mich nicht allein lassen!"
Sie tat ihm leid. Wie mochte sie leiden? Ruhig sagte er: „Nein, Irene, ich werde dich nicht allein lassen."
„Ich wußte, daß du zu mir hältst." Es wird noch alles gut werden – ganz bestimmt. „Ja," sagte sie, „es wird noch alles gut werden". Sie konnte bei diesem Gedanken sogar etwas lächeln. Sie hatte sich in Georg nicht getäuscht. Nie würde sie aufhören, ihn zu lieben.

„Sag einmal, Georg, hast du eigentlich je daran geglaubt, daß Heinz noch einmal zurückkommen könnte?"
„Nein."
„Du hast mir aber immer Mut gemacht?"
„Ja".
„Warum?"
„Ich wollte nicht, daß du annehmen könntest, ich wollte zwischen dich und deinen Mann treten. Du solltest dich selbst entscheiden."
„Ja, und dann habe ich mich selbst entschieden." Sie legte den Kopf an seine Schulter und schloß die Augen.

An diesem Abend lag Irene noch lange wach. Sie konnte einfach nicht schlafen. Zuviel war auf sie zugekommen. Sie dachte an Heinz. Versuchte, sich ihn vorzustellen. Es gelang ihr nicht. Immer war da das Gesicht von Georg vor ihren Augen. Zu viele Jahre lagen dazwischen. Zu kurz war das Glück damals, als daß man eine so unendlich lange Zeit davon zehren konnte.

Ob Heinz sie verstehen würde? Ob er begreifen würde, wie schwer das Warten war, das Warten in dieser quälenden Ungewißheit? Und er? Hatte er nicht dieselbe lange Zeit gewartet. Bis jetzt hatte sie nur an sich gedacht. Müssen für ihn die Jahre nicht genau so furchtbar gewesen sein? Er wird sich genau wie sie Gedanken gemacht haben. Wird gehofft haben, sie bald in seine Arme schließen zu können. Wird gewartet haben. Gewartet auf seine Heimkehr. Und er hat es bestimmt noch schwerer gehabt als sie.
Hatte sie versagt? Nein, sie hatte nicht versagt. Dann siegte die Müdigkeit. Und sie schlief ein.

Auf dem Bahnsteig standen viele Menschen. Mütter mit ihren Kindern. Väter, Brüder und Schwestern. Alle warteten sie.
Irene stand mitten unter diesen Menschen. Manche trugen Bilder von ihren Männern oder Söhnen. Sie hofften – aber auch sie warteten. Sie würden wohl immer da sein, wenn ein Transport kam. Diese Menschen hatten die Hoffnung noch nicht aufgegeben und würden sie wohl auch nie aufgeben.

„Warten Sie auch auf Ihren Mann?“ Eine Frau mit einem Jungen an der Hand hatte sie gefragt. „Ja, ich warte auch auf meinen Mann“, sagte Irene.
„Haben Sie Kinder?“ fragte die Frau wieder. Und sie sah lächelnd auf ihren Jungen, der vielleicht zehn Jahre alt sein konnte. „Er hat seinen Vater noch nie gesehen!“

„Nein, ich habe keine Kinder.“
„Sie müssen noch sehr jung gewesen sein – damals?“
„Ja, ich war noch sehr jung.“
„Es war nicht immer leicht für uns. Es waren lange, schwere Jahre. Und wenn ich den Jungen nicht gehabt hätte, dann ... Ich weiß nicht, ob ich dann so tapfer hätte sein können!“

„Ich habe nicht gewußt, daß mein Mann noch lebt,“ sagte Irene leise. Sie konnte ihre Erregung kaum verbergen. Immer wieder dröhnten ihr die Worte der Frau in den Ohren. „Warten Sie auch auf Ihren Mann? Warten Sie auch auf Ihren Mann? Warten Sie auch ...“ Sie hielt sich die Ohren zu, drehte sich um und lief fort. Sie mußte jetzt allein sein.

Sie ließ sich auf eine Bank fallen und hielt den Kopf in die Hände gestützt. Wartete sie denn wirklich? War sie nicht nur hier, um ihrem Mann zu sagen, daß er zu spät gekommen sei. War das eine Heimkehr für einen Menschen, der sich jahrelang auf diesen Augenblick gefreut hatte? Sie wußte keine Antwort mehr auf all die Fragen.

Dann kam Bewegung in die Menschen. Und es war ihr, als läuteten von überall die Glocken.
Der Zug lief ein. Menschen umarmten sich. Weinten. Lachten. Andere standen stumm und warteten – war er dabei? In ihren Gesichtern konnte man die Frage lesen. Irene sah diesen Szenen zu. In ihren Augen standen Tränen. Sie hatte ihre Hände in die Manteltaschen geschoben. Und ihre Finger verkrampften sich ineinader. Menschen gingen an ihr vorüber – glücklich.

Langsam schob sie sich vorwärts. Sie musterte jedes Gesicht. Noch konnte sie Heinz nicht entdecken. Der Bahnsteig leerte sich. Hier und da stand noch eine Frau. Dann war sie allein. Sie schauderte zusammen. Es war plötzlich kalt. Der Regen hatte nachgelassen, aber der Wind wehte stärker. Mit müden Schritten ging sie zurück. Wohin? Sie konnte nicht mehr denken. Ihre Schuhsohlen knirschten auf dem Kies.

Da stand eine Baracke. Sie öffnete eine Tür und trat ein. An einem Schreibtisch saß ein Mann. Er sah sie erstaunt an. „Bitte, was wünschen

Sie?“ fragte er. Irene zog die Karte aus der Tasche und legte sie vor ihn hin. Er nahm die Karte und las sie. „Ja – und?“
„Mein Mann ist nicht mitgekommen.“ „Bitte, nehmen Sie doch einen Moment Platz!“ Er zeigt auf einen Stuhl. „Ich werde mich sofort erkundigen.“ Er ging hinaus.
Irene schloß die Augen. Was hatte das alles zu bedeuten? Diese Ungewißheit zerrte an ihren Nerven. Warum war er nicht mitgekommen?

„Frau Feldmann?“ Irene erschrak. Sie hatte sein Kommen überhört.
„Ja, bitte?“
Vor ihr stand wieder der Mann, der hinter dem Schreibtisch gesessen hatte. Er hatte die Karte in der Hand. „Frau Feldmann, ich habe Ihnen eine traurige Mitteilung zu machen.“
„Was ist mit meinem Mann?“ fragte sie. Ihre Stimme zitterte.
„Sie müssen jetzt ganz stark sein.“ „Ja – sagen Sie es mir!“ Sie war aufgestanden und sah ihn fest an.
„Ihr Mann ist tot!“
Wie unter einem Peitschenhieb zuckte sie zusammen. Alles hatte sie erwartet, aber das nicht. Sie brauchte einen Halt.
„Tot?“ flüsterte sie. „Das ist doch nicht möglich. Er hat mir doch selbst geschrieben? Sie haben die Karte doch in der Hand!“
„Ihr Mann ist auf dem Transport gestorben!“

„Auf dem Transport gestorben.“ Sie hatte keine Kraft mehr. Sie mußte an die Luft. Fort. Fort. „Bitte, erledigen Sie alles!“ Der Mann machte eine hilflose Handbewegung. Dann sagte er nur: „Selbstverständlich.“

Irene ging hinaus. Einen Augenblick lehnte sie an der Tür. Der Wind spielte mit ihrem Haar. Sie konnte nicht einmal weinen – nicht einmal jetzt.

Irene war wieder zu Hause. Unruhig ging sie in ihrem Zimmer hin und her. Sollte sie Georg anrufen? Immer wieder sah sie auf das Telefon. Er wird bestimmt auf eine Nachricht warten. Dann wählte sie seine Nummer.
„Berger“, meldete sich eine Stimme. Es war seine Mutter. „Irene Feldmann!“
„Sie sind es Irene?“
„Ich hätte gern Ihren Sohn gesprochen, Frau Berger.“ Sie war vollkommen durcheinander.
„Irene, was ist denn mit Ihnen?“ fragte Frau Berger besorgt.
„Bitte, kann ich Georg sprechen? Es ist eilig.“ „Das geht nicht, Irene. Georg ist nicht da.“
„Nicht da? Ja – wo kann ich ihn denn erreichen?

Oder, bitte, Frau Berger sagen Sie ihm doch, er möchte zu mir kommen – heute noch! Ich warte auf ihn.“

„Irene, ich kann es Georg nicht mehr bestellen. Er ist heute schon abgereist.“ „Abgereist? Wohin denn?“ „Aber Sie wissen doch: nach Australien. Er hatte es plötzlich so eilig und ...“

Irene hörte nichts mehr. Sie legte den Hörer auf. ‚Nach Australien‘, dachte sie. ‚Australien ist weit – sehr weit.‘
Sie ging zum Fenster. Es regnete wieder Und der Wind wehte. Und die Blätter fielen.

Günter K. P. Starke

Irena

Mathias Bruckner stand vor seiner Frau und sah sie fest an. „Hast du dir auch überlegt, was für Folgen unser Schweigen haben kann?“ fragte er mit trockener Stimme.

Seine Frau wich einen Schritt zurück. Ihre Hände zitterten. Es war, als wollte sie aufschreien, aber sie brachte keinen Ton heraus. In ihren Augen standen Tränen. „Ich kann es immer noch nicht fassen“, flüsterte sie.

Bruckner verstand seine Frau. Auch er hatte das Mädchen liebgewonnen in all den Jahren. Auf der Fahrt nach Hause hatte er sich vorgenommen, Eva davon zu überzeugen, daß es für sie beide nur eine Möglichkeit gab: Dem Mädchen die Wahrheit zu sagen! Jetzt aber, wo er vor seiner Frau stand, fand er nicht die richtigen Worte, um sie von der Notwendigkeit zu überzeugen.

Eva Bruckner sah hilflos auf ihren Mann. Ein Hoffnungsschimmer lag auf ihrem schmalen Gesicht „Vielleicht hast du dich geirrt“, sagte sie leise. „Ja, du mußt dich geirrt haben, Mathias!“
„Ich habe mich nicht geirrt.“
„Du brauchst doch niemandem zu erzählen, daß du ihn gesehen hast. Niemand weiß, daß du ihn getroffen hast.“
„Ich habe ihn gesehen. Es war Irenas Vater, Wilhelm Schreiner.“

Für einen Augenblick war es still im Zimmer. Nur das Atmen der beiden Menschen war zu vernehmen und das monotone Ticken der Wanduhr.

„Wenn du mich liebst, Mathias, dann vergißt du, was in den vergangenen Stunden gewesen ist. Ich werde Irena niemals hergeben. Sie ist meine Tochter. Ich habe sie großgezogen. Und niemand hat das Recht, sie mir fortzunehmen."

Gern hätte Mathias Bruckner seiner Frau in dieser schweren Stunde geholfen. Aber er sah keinen Weg. Der einzige Ausweg wäre die Lüge. Er wußte, wie Eva an Irena hing. Als eigene Tochter hatte seine Frau das Mädchen betrachtet und mit ihm jene schwerste Zeit überstanden – die Flucht aus der Heimat. Als er aus der Gefangenschaft nach Hause kam, hatte Eva sich bereits ein neues Heim geschaffen und ihm ihren Schicksalsweg erzählt. Auch er hatte die kleine Irena damals sofort in sein Herz geschlossen. Und so wurde sie ihre Tochter. Sie hatten gemeinsam gearbeitet, sich dieses kleine Häuschen gebaut und der Kleinen ein neues Zuhause, Mutter und Vater gegeben. Und jetzt –?

Eva hatte sich abgewandt und sah hinaus in den Garten. Ihre Schultern zuckten. Sie weinte.
Langsam ging Bruckner zu ihr, legte die Hand auf ihre Schulter und beruhigte sie.
„Du hast viel Schweres erlebt", sagte er. „Und dennoch durften wir in den vergangenen Jahren glücklich sein."
„Ich hatte immer Angst, Mathias."
„Es wird alles gut werden. Irena ist bereits ein großes vernünftiges Mädchen. Glaubst du, daß sie uns allein läßt?"
„Sie darf nie die Wahrheit erfahren. Versprich mir, daß Irena nie die Wahrheit erfährt. Es muß alles so bleiben, wie es jetzt ist."
Bruckner sagte nichts.

Die Dunkelheit war hereingebrochen. Drückende Stimmung lastete im Raum. An diesem Abend sprachen die Eheleute kaum noch ein Wort miteinander. Eva Bruckner saß an ihrem Nähtisch und ihr Mann blätterte in einem Buch. Wenn sie sich ansahen, ertappten sie sich dabei, daß sie mit ihren Gedanken weit fort waren. Und schon nach kurzer Zeit ging sie, viel früher als sonst üblich, schlafen.

Es war schon ein Kuriosum. Fast in jedem Jahr war Mathias zum Heimattreffen gefahren. Und nun – nach dieser langen Zeit – war er Wilhelm Schreiner begegnet. Er sah ihn noch deutlich vor sich stehen. Eine Frau war bei ihm gewesen – und – er hatte gelacht. Mathias fuhr sich mit der Hand über die Augen, als wollte er das Bild wegwischen.

„Schläfst du schon?“ fragte Eva.
„Nein.“
„Du hast dich bestimmt nicht geirrt?“
„Nein, ich habe mich nicht geirrt.“
„Hast du mit ihm gesprochen?“
„Nein, ich habe nicht mit ihm gesprochen. Ich bin sofort gegangen und nach Hause gekommen.“
„Aber – es darf doch nicht wahr sein, Mathias. So hart kann das Schicksal nicht sein.“

Mathias starrte in die Dunkelheit. Er versuchte, sich seine Gedankenwelt vorzustellen, als er noch in Gefangenschaft war. Wie oft hatte er an zu Hause gedacht, hatte er sich auf ein Wiedersehen mit Eva gefreut! Mußte Wilhelm Schreiner nicht genauso an seine Familie gedacht haben? Und später? Wird er dann nicht genauso wie er selbst in den Wirren der Zeit seine Angehörigen gesucht haben? Mitleid – Mitgefühl erfüllte ihn. Mit Wilhelm Schreiner ebenso wie mit seiner Frau – und mit dem Mädchen – mit Irena.
Eva weinte still vor sich hin.

Die Gedanken von Mathias drängten weiter. Mußte man diesem Menschen, der Weib und Kind und Heimat verloren hatte, nicht sagen, wie alles so kam? Daß seine Frau während des Trecks schwer erkrankt und gestorben war. Und daß Eva die kleine Irena mit sich genommen und wie ihr eigenes Kind umsorgt hatte – bis heute! Gab es hier überhaupt eine gerechte, eine anständige Lösung?

Er wußte, wenn er die Wahrheit sagte, dann würde er zwar einem Vater die verlorene Tochter wiedergeben. Aber würde er durch diese Wahrheit nicht auch seine Frau verlieren?

In dieser Nacht gingen die Bilder der Vergangenheit an Eva Bruckner vorüber: 1945! Frierend standen die Einwohner des kleinen Dorfes an den Straßen und sahen dem Treck nach. Auf den Wagen saßen Menschen, die sich bereits entschlossen hatten, ihre Heimat zu verlassen – oder verlassen mußten. Am Horizont flackerten Feuerscheine, erhellten den Himmel und tauchten ihn oft in blutrotes Licht.

Eva zog ihr Kopftuch fester. Sie blickte auf die Menschen, die auf den Wagen saßen, zuzsammengekauert – unbeweglich. Wie Schatten hoben sich ihre Körper gegen den Himmel ab. Schemenhaft schoben sich die Gestalten an ihr vorbei, wie ein Spuk – eine unheimliche, schwarze Schlange. Sie schauderte. Ein Schrei unterbrach die Stille. Er kam irgendwo her, irgendwo her aus der Dunkelheit. Eva Bruckner begriff in diesem Augenblick, daß sie allein war. Obwohl sie noch jung war, ging sie mit schweren Schritten zurück. Sie stolperte, lief schneller und sah immer wieder auf die schwarze Schlange, die nirgends enden wollte. Sie hatte Angst davor, von diesem gespenstischen Wesen mitgerissen zu werden.

Als sie das Haus betreten hatte, fiel mit lautem Knall die Tür hinter ihr zu. Sie blieb stehen, wartete und lauschte; doch alles war still. Sie hatte das Bedürfnis, jetzt mit jemandem zu sprechen. Auf der Bank am Herd, das Feuer war noch nicht erloschen, setzte sie sich nieder, öffnete die Herdtür und starrte in die Glut. Vor ihren Blicken tauchte der flammenrote Himmel auf – die Schatten der Menschen – die Schlange, die alles mit sich zu reißen schien, was sie ergreifen konnte. Eva legte ein Stück Holz nach. Kleine Flämmchen züngelten an der trockenen Rinde, wurden größer und größer, bis sie sich zu einer großen Flamme vereinten. Zurück blieb schwelende Glut, die langsam zu Asche wurde. Mathias –. Sie dachte an ihren Mann. Sah die Flammen und das Gesicht des Geliebten. Er lachte sie an, wie er immer lachte. Wir werden die Heimat verteidigen, hatte er beim Abschied gesagt. Oh, dieser verdammte Krieg, dieser grausame Krieg. Alles forderte er. Alles vernichtete er. Zurück blieben die verbrannte Erde, ausgebrannte Herzen und der Tod – der millionenfache Tod. Wie lange wird es noch dauern, bis auch ich die Heimat verlassen muß? Sie fröstelte bei diesem Gedanken. Ach – daß Mathias jetzt nicht bei ihr sein konnte? Warum mußte sie in dieser Stunde der furchtbaren Not allein sein? Sie hatte Sehnsucht nach ihm, nach der Liebe ihres Mannes und nach seinem guten Wort.

An diesem Abend fühlte sie besonders, wie einsam sie war. War es der Schrei, der durch die Dunkelheit zu ihr gedrungen war? Sie brauchte Trost und fand ihn in den Briefen ihres fernen Mannes. Immer wieder las sei seine letzten Zeilen. „... Bald werde ich wieder bei Dir und glücklich mit Dir sein, unser ganzes Leben lang“, stand auf dem schmutzigen abgegriffenen Stück Papier. Wo mochte er den Brief geschrieben haben?

Sie zuckte zusammen. Hatte sie sich getäuscht? Nein – da klopfte es wieder.
„Wer ist da?“ fragte sie.
„Ich bin es – Monika!“
Eva öffnete. Monika Schreiner hatte ihre kleine Tochter auf dem Arm, stand vor ihr und sah sie mit merkwürdig großen Augen an.
„Ich habe Angst“, sagte sie stockend.
Eva nahm ihr das Mädchen ab und ging ins Zimmer zurück. Monika setzte

sich auf einen Stuhl und weinte.
„Es ist gut, daß ihr gekommen seid."
„Was soll denn werden, wenn wir auch weg müssen?" schluchzte Monika.
Eva gab keine Antwort. Sie drückte das Kind an sich. Nach langer Zeit kam wieder ein beglückendes Gefühl über sie.
„Wenn man ein Kind hat", sagte sie, „dann gibt es nicht viele Fragen – kein Verzagen, Monika."
Sie ging ins Schlafzimmer und legte das Kind, das halb schlafend die beiden Frauen angeblickt hatte, in ihr Bett und deckte es behutsam zu. Als das Mädchen die Augen schloß, lächelte es.

Monika und Eva waren zusammen aufgewachsen. Sie teilten fast das gleiche Schicksal. Ihre Eltern waren früh gestorben, und so wurde ihre Freundschaft zu einer herzlichen Verbundenheit.

Eva ging zum Fenster und sah hinaus in das Schneetreiben. Auf dieser Seite gab es keinen Treck. Hier hatte sich das gewohnte Bild nicht verändert. Wie dicht doch alles zusammenliegt, dachte sie. Sonne und Schatten, Wahrheit und Lüge, Liebe und Haß, Krieg und Frieden.

„Wir werden jetzt eine Tasse Kaffee trinken", sagte Eva beiläufig. Monika hatte sich beruhigt, sprach aber kein Wort. Nur das Klappern des Geschirrs war zu hören.
„Schläft Irena?"
„Ja."
„Ich bekam heute abend plötzlich furchtbare Angst, Eva."
„Ich sagte doch schon, daß es gut war, zu mir zu kommen." Eva schenkte die beiden Tassen voll und setzte sich zu ihrer Freundin an den Tisch.
„Ich hatte auch Angst, Monika."
„Mein Mann hat schon ein halbes Jahr nicht mehr geschrieben. Ich wußte mir keinen Rat mehr. Ich konnte einfach nicht mehr allein sein."
„Du hast doch das Kind."
„Der Treck, die Menschen und die Einsamkeit in diesem ekelhaften Krieg. Was soll ich denn tun, wenn ich mit der Kleinen unser Haus verlassen muß? Die Flüchtlinge sagen, daß die Front immer näher rückt. Wo sollen wir denn nur hin?"
„Unser Schicksal liegt nicht allein in unserer Hand, Monika. Wir dürfen die Hoffnung nicht aufgeben."

Aus dem Nebenzimmer kam ein leises Wimmern des Kindes. Die beiden Frauen liefen hinüber. Aber Irena schlief. Sie hatte wohl nur geträumt.

Zärtlich strich Monika dem Kind das Haar aus der Stirn, beugte sich hinunter und küßte den kleinen Mund des Mädchens.

Sie kann doch nicht einsam sein, dachte Eva. Sie hat doch jemanden, für den es sich lohnt zu leben. Aber sie sagte nur: „Komm, wir wollen es schlafen lassen."

In dieser Nacht begann der Schicksalsweg. Kaum wieder im Wohnzimmer, ertönte Motorenlärm von der Straße her. Bremsen quietschten. Es wurde hart geklopft. Dann ging alles sehr schnell. Soldaten kamen ins Zimmer, sprachen mit den Frauen und erklärten ihnen den Ernst der Lage.

„Der Ort wird verteidigt", sagte der Offizier mit scharfer Stimme. „Alle Zivilisten müssen das Dorf sofort räumen."

Monika schrie auf. Eva sah von einem zum anderen. Aber die Gesichter der Soldaten blieben unbewegt. „Wir können doch nicht bei Nacht und Nebel flüchten und alles Hab und Gut im Stich lassen." Eva war dem Offizier einen Schritt entgegengetreten.

„Wir tun nur unsere Pflicht", entgegnete er unwirsch. Dann ermahnte er die Frauen, keine Schwierigkeiten zu machen und bis zum nächsten Morgen das Notwendigste zu packen.

So als hätte das Kind das Schreckliche dieser Stunde geahnt, war es erwacht und stand nun weinend auf der Türschwelle. Es lief zu seiner Mutter und drängte sich fest an sie. Nie würde Eva dieses Bild vergessen.

Das alles war also die Fratze dieses wahnsinnigen Krieges, der nicht vor Frauen und Kindern halt machte mit seiner Grausamkeit. Wieder stand das Bild der riesigen schwarzen Schlange vor ihren Augen. Jetzt würden auch sie ein Glied des Tieres werden, das jetzt über fremde Straßen kroch, in eine ungewisse Zukunft sich windend.

Der alte Peters, der im gleichen Hause wie Monika Schreiner wohnte, kam herein. Jetzt schien er noch älter. Seine Stimme zitterte. Keiner verstand, was er sagte. Erst als er sich beruhigt hatte, begriffen die Frauen allmählich, daß sie nicht ganz allein sein würden.

„Ich werde den Wagen anspannen", sagte er.
„Packt ein, was ihr unbedingt braucht, damit wir keine Zeit verlieren."
Die Soldaten halfen mit, den Wagen herzurichten. Er war nicht sehr groß. Einer von ihnen nahm Irena auf den Schoß und sang Kinderlieder.

Der Offizier hatte eine Karte auf den Tisch gelegt und gab Anordnungen. Er beachtete das Herumlaufen der Menschen nicht. Eva kochte vor dem Aufbruch noch einen Topf Suppe. Und alle aßen davon – auch der Offizier.

„Unsere Männer sind auch Soldaten“, sagte sie. Aus ihrer Handtasche holte sie ein Bild von Mathias und reichte es herum. Sie beobachtete die Gesichter der Männer. Vielleicht kannte einer von ihnen Mathias. Aber einer nach dem anderen schüttelte den Kopf.

„Es gibt zu viele“, sagte der Obergefreite, der die kleine Irena noch immer auf dem Schoß hatte.
„Seit einem halben Jahr habe ich keine Post von meinem Mann“, seufzte Monika. „Er wird uns nicht mehr finden können, wenn er zurückkommt.“
„Er wird Sie suchen“, lächelte der Obergefreite. „Ich habe auch eine Frau und eine kleine Tochter.“

Die Tür wurde aufgestoßen. Ein junger Soldat, fast ein Kind noch, meldete sich und überreichte dem Offizier einen Umschlag. Alle sahen gebannt in sein Gesicht. Als der Offizier die Zeilen gelesen hatte, blickte er auf und sah jedem im Raum in die Augen. „Es ist soweit!“ Seine Stimme war ohne Klang.

Eva wußte, daß der Augenblick des Abschieds gekommen war – des Abschieds von ihrem Haus – des Abschieds von ihrer Heimat! Es wurde nicht mehr viel gesprochen. Die kleine Irena wurde warm eingepackt. Und auch die beiden Frauen machten sich fertig für die große Reise. Peters und ein Soldat waren hinausgegangen, das Pferd vor den Wagen zu spannen. Jetzt schien es Eva Bruckner so, als wollte die Zeit des Wartens kein Ende mehr nehmen. Immer wieder sah sie sich im Zimmer um. Ihre Blicke hafteten an jedem Gegenstand. Dieses und jenes, wo besondere Erinnerungen mit verbunden waren, betrachtete sie etwas länger; dann ging sie hinaus, schritt über den Hof und stieg auf den Wagen, auf dem Monika, der alte Peters und die kleine Irena bereits auf sie warteten.

Obwohl der Wind ihnen den eisigen Schnee in die Gesichter wehte, wenn sie sich umwandten, blickten die Frauen in die Richtung, wo das Dorf lag und sich noch als Silhouette gegen den Horizont abhob. Dann war es vorbei. Der alte Peters schnalzte mit der Zunge. Einer der Posten winkte, gab Anweisungen und wies sie in den großen Treck ein. Es wurde kaum gesprochen. Der Wagen war so bequem eingerichtet, wie es die Umstände zugelassen hatten. Unter der Last ächzten die Achsen des Wagens. Holpernd

und nur langsam bewegte sich der Treck vorwärts, einer ungewissen Zukunft, einem unbekannten Ziel entgegen.

Mehrere Tage und Nächte waren danach vergangen. Immer das gleiche Bild. Weiten – mit Schnee bedeckt. Menschen mit unbeweglichen Gesichtern. Wieder wurde es Abend. Die unübersehbare Wagenkolonne kam zum Stillstand. Der alte Peters hatte etwas abseits der Straße, im Schutze einer Ruine, ein kleines Feuer angezündet. Monika lag im Wagen und fror. Obwohl das Stroh wärmte, und sie in mehrere Decken gehüllt war, schüttelte sie sich vor Kälte. Eva legte ihr die Hand auf die Stirn, die mit dicken Schweißperlen bedeckt war. „Bleib ruhig liegen“, sagte sie beschwichtigend. „Vater Peters hat schon ein Feuer gemacht. Ich werde uns einen guten Tee kochen.“
„Ich will nach Hause!“
„Wir werden bald nach Hause fahren.“ Eva wußte, sie log. Viele Kilometer waren sie schon von zu Hause entfernt. Und blickte man zurück, sah man den roten Himmel, sah man nur brennende Dörfer.
Monika griff nach ihrer Hand. „Sag Vater Peters, er soll zurückfahren!“ Sie richtete sich etwas auf und bat wieder: „Ich will wieder nach Hause. Ich will nach Hause.“

Vorsichtig zwang Eva die fiebernde Frau auf ihr Lager zurück und sprach beruhigend auf sie ein. Mit einem Tuch wischte sie immer wieder sanft über ihre Stirn, bis sie eingeschlafen war. Dann deckte sie die Kranke sorgfältig zu, nahm die kleine Irena tröstend auf den Arm und ging mit ihr zum alten Peters. „Was macht Monika?“ fragte er.
„Sie hat Fieber.“
„Hoffentlich ist es nichts Ernstes.“ Er stocherte im Feuer herum und vermied es, Eva anzublicken.
„Wir müssen einen Arzt holen.“
„Das wird schwer sein.“

Die kleine Irena wußte nichts von ihrem Schicksal. Sie verstand nicht die Unterhaltung der beiden Erwachsenen. Eva gab ihr einen Becher Milch. Peters hatte sie am Abend vorher besorgt. Mit großen Augen betrachtete das Kind Eva und den alten Mann.
„Mutti schläft“, plapperte Irena.
„Ja, sie schläft.“ Eva streichelte die Wangen des Kindes. „Mutti ist sehr müde. Unsere kleine Irena muß jetzt sehr artig sein.“ „Ich habe dich ganz lieb. Und den Opa auch.“
Eva mußte ihre Tränen unterdrücken. Sie gab dem Kind einen Kuß auf die Stirn. „Wir haben dich auch ganz lieb.“

Die Nacht war still. Es wehte kaum der Wind. Hin und wieder wieherte ein Pferd, oder es bellte ein Hund. Wenn diese Wirklichkeit nicht so furchtbar gegenwärtig wäre, hätte dieses Nachtlager sie alle mit dem tröstenden Erlebnis seiner Stille erfüllen können. Eva summte ein Kinderlied und wiegte die Kleine auf ihrem Schoß. Als sie eingeschlafen war, nahm Peters sie, denn Eva wollte nach Monika sehen.
Sie nahm die Stallaterne und tastete sich zum Wagen.

Monika lag mit offenen Augen und starrte gegen die Plane, mit der der Wagen abgedeckt war. „Bist du es, Eva?“
„Ja, Monika.“
„Wo ist Irena?“
„Sie ist bei Vater Peters und schläft.“
„Komm bitte zu mir, Eva.“
„Ich bin ja schon bei dir. Jetzt mußt du erst einmal etwas essen, damit du Kraft behältst.“
„Ich kann nichts essen.“
„Dann trink mal von diesem Tee, er wird dir gut tun, Monika.“ Eva schob ihren Arm unter Monikas Kopf und hielt ihr die Tasse an den Mund. Schluck für Schluck flößte sie der Kranken den heißen Trunk ein.

Plötzlich richtete Monika sich erregt auf. Sie drückte Evas Hände und flehte sie an: „Wenn mir etwas zustößt, dann mußt du dich um Irena kümmern, Eva! Hörst du – du darfst sie nicht allein lassen! Versprich es mir, du mußt es mir versprechen.“
„Was soll dir denn passieren, Monika. Du hast ein wenig Fieber. Wenn du ganz ruhig bist, dann bist du in ein paar Tagen wieder gesund.“
„Du sollst mich nicht belügen, Eva. Die Stunde, die Zeit ist viel zu ernst. Versprich mir, daß du Irena bei dir behältst und zu ihr sein wirst wie eine Mutter.“
Eva Bruckner sah Monika fest an. „Ja, ich verspreche es dir. Und ich werde mein Versprechen halten.“
Auf Monikas Gesicht schimmerte ein dankbares Lächeln. Sie sank zurück und schloß die Augen. Eva wartete, bis sie eingeschlafen war, dann ging sie wieder hinaus.

Peters saß noch immer am Feuer, das jetzt hoch aufloderte und eine behagliche Wärme ausstrahlte. Es hatten sich noch einige andere Flüchtlinge eingefunden. Da waren auch Vater und Tochter Krämer aus dem Dorf, die nur drei Wagen hinter ihnen im Treck standen.
„Wie sieht es aus?“ fragte Peters.

Eva sah auf das in Decken gewickelte Kind und hob die Schultern.
„Wir haben Mutter zurücklassen müssen", sagte Krämer. „Es ging alles sehr schnell." Eva hörte die Worte wie aus weiter Ferne.
Helga Krämer sagte nichts, sondern starrte nur ins Feuer. Sie konnte es immer noch nicht fassen, daß ihre Mutter nicht mehr lebte.
Auf seine Tochter sehend, sagte der alte Krämer: „Gott hat sie befreit und zu sich genommen, aber die Erde hat die Tote nicht aufgenommen, der Boden war so hart gefroren, daß wir sie nicht beerdigen konnten."

So hart wie die Erde waren auch die Menschen geworden. Sie hatten dem Tod in dieser Zeit nichts entgegenzusetzen. Er war ständig bei ihnen – mußte geduldet werden. Und diese Menschen unter dem freien Himmel mußten das Schicksal mit vielen tausenden Menschen teilen. Sie mußten ihre Heimat verlassen; standen mittellos auf fremden Straßen.

Das Feuer brannte allmählich nieder. Die Leute gingen stumm wieder auseinander. Dunkelheit verschluckte sie. Eva trug Irena auf dem Arm zum Wagen und bettete das Kind ins Stroh.

Monika schlief noch immer. Ihr Atem ging kurz. Manchmal sprach sie im Schlaf. Nannte den Namen ihres Mannes und rief nach ihrem Kinde. Eva lauschte in die Nacht, hörte den Wind, der sirrend über die verschneiten Felder strich.
Monika bewegte sich. Eva nahm ihre Hand, drückte sie und sagte leise: „Ich bin bei dir, Monika."
„Geh jetzt nicht fort, Eva."
„Ich gehe nicht fort."
„Du hast mir dein Versprechen gegeben."
„Schlafe, Monika, schlaf. Du brauchst Ruhe."
„Du hast mir dein Versprechen gegeben."
„Denk nicht daran. Nicht jetzt. Morgen sieht die Welt vielleicht anders aus."
„Morgen werde ich nicht mehr bei euch sein."
„Monika!" rief Eva erregt.
„Bitte, Eva, paß gut auf meine Irena auf."
Noch einmal drückte Monika Schreiner Evas Hand, dann war es still im Wagen. Eva Bruckner schob die Plane des Wagens zur Seite und blickte hinaus. Der Lagerplatz war leer, das Feuer erloschen.
„Ja, Monika, ich werde mein Versprechen halten. Ich werde Irena wie meine eigene Tochter lieben."
Ihre Worte klangen wie ein Schwur. Für sie und Irena wurde es ein weiter und schwerer Weg.

Mathias Bruckner war nach dem Gespräch in einen furchtbaren Gewissenskonflikt gekommen. Er verstand seine Frau, aber Irena war nun erwachsen und hatte ein Recht darauf, zu erfahren, wer ihre Eltern waren. Mathias hatte Monika gekannt! Und nun hatte er, Wilhelm Schreiner, Monikas Mann, wiedergetroffen. Und Irena ist Wilhelms Tochter!

Lange überlegte er, was er tun sollte. Dann war er zu Irenas Vater gegangen und hatte ihm alles erzählt. Heute wollte Schreiner kommen, um seine Tochter wiederzusehen.

Erregt stand Mathias am Fenster und blickte in den Garten. Eva lag draußen in einem Liegestuhl und las. Die Wohnzimmeruhr schlug fünf: Ein Mann kam die Straße entlang, blieb vor der Gartentür stehen und schaute zum Haus herüber. Jetzt kam Irena in den Garten und lief zu Eva hin „Mutter“, rief sie, „ich habe eine Überraschung für dich!“ Dann beugte sie sich nieder und küßte Eva. Beide lachten.

Der Mann am Gartenzaun sah es. Er blickte immer wieder zu den beiden Frauen, die nun still nebeneinander saßen. Dann drehte er sich um und ging langsam, ohne zurückzuschauen, die Allee hinunter.

Mathias Bruckner stand noch lange am Fenster. Er konnte es nicht fassen: Wilhelm Schreiner, ein Vater, ein schwergeprüfter Mann, der seine Heimat, seine Frau und seine Tochter verloren hatte, verzichtete auf ein Glück, das so nahe war. Verzichtete, um ein anderes Glück nicht zu zerstören.

Günter K. P. Starke

Stille Heimkehr

Die Turmuhr schlägt – dumpf. Der Wind trägt die Klänge über die alten Dächer der kleinen Stadt. Schwebend gleiten sie dahin, an den lauschenden Ohren des alten Mannes vorbei, der sinnend auf dem Rand des Brunnens sitzt – hinaus in die unendliche Weite des Alls. Leise verklingend. – Stille.

Zitternd fährt seine welke Hand über die Augen. Über sein mit Furchen durchzogenes Gesicht huscht ein Lächeln. Die bleiche Sichel des Mondes wirft ihren fahlen Schein, gebrochen durch das Geäst der alten knorrigen Kastanie, herab und sendet dem müden Wanderer sein spärliches Licht. – Die Nacht ist kühl. Aber der alte Mann spürt die Kälte kaum. Noch einmal beugt er sich über den Rand des Brunnens und betrachtet sein Antlitz im silberglänzenden Spiegel des Wassers. Aber was ihm da entgegensieht, das ist nicht sein Gesicht, sein müdes zerfurchtes Gesicht. Ihm lachen zwei hellblaue Augen aus einem frischen, runden Knabengesicht entgegen. Erinnerungen werden wach. Ein Lachen liegt in der Luft. Um ihn herum scheint die Sonne, hat sich alles belebt. Auf der Bank unter der Kastanie sitzen Menschen. Eine Frau, die ihr Strickzeug in den Händen hält, sitzt unter ihnen – seine Mutter. Hin und wieder sieht sie von ihrer Arbeit auf. Ihre Augen begegenen sich. Und sie lächelt ihn an, so, wie sie immer lächelt, wenn sie ihn ansieht – liebevoll. Übermütig im Spiel greift er, sich weit über den Rand des Brunnens beugend, in das Wasser, um einen der vielen Goldfische zu fangen.

Der Traum ist unterbrochen. Große Ringe bilden sich auf dem eben noch glatten Wasserspiegel. Resignierend zieht der Mann seine Hand zurück. Und aus dem sich nun langsam wieder beruhigenden Wasser sieht ihm sein eigenes, eingefallenes Gesicht entgegen. Geblieben ist allein der Glanz in seinen Augen.

An seinem abgetragenen Mantel wischt er sich die Hände ab, nimmt seinen Stock und geht langsam, so, als wolle er jeden Laut vermeiden, über den Marktplatz. Die engen Gassen, die er eine Ewigkeit nicht gesehen und die ihm doch so vertraut waren, nehmen ihn auf. Links und rechts grüßen stumm die Fassaden der alten Fachwerkhäuser. Hier und da bleibt er stehen, sieht sich bedächtig um, streicht über diese und jene Türklinke und geht langsam weiter – immer weiter.

von Gottes Gna

Am Stadtrand, wo sich die Anlagen des kleinen Parkes befinden, zieht sich langgestreckt das rote Backsteingebäude der Schule hin. Das hohe Gitter, das den großen Hof umschließt, zwingt ihn, einen Moment stehenzubleiben. Seine Hände umfassen die kalten Stäbe. Sein Gesicht preßt sich gegen das kühle Metall.

Träume, Erinnerungen. – Schlaff fallen seine Hände herab – als nähmen sie Abschied. Müde tragen ihn seine schwachen Beine durch den Park. Der kleine Teich inmitten der Anlagen liegt still und zufrieden da. Langsam vereinen sich die vereinzelt zwischen den Bäumen und Sträuchern hängenden Nebelfetzen zu einem großen weißen Schleier, der behutsam über der Erde schwebt, als schütze er den Schlaf der Natur. Unter der Weide am Teich steht noch immer die Bank. Oder ist es eine andere? Ihm ist es gleich. Müde setzt er sich nieder, schließt die Augen und denkt noch einmal zurück. Abschied. Fremde Städte. Fremde Menschen. Wiederkehr. Morgen muß er wieder Abschied nehmen. Er lächelt – lächelt mit geschlossenen Augen. Sein Wunsch ist in Erfüllung gegangen. Noch einmal darf er in der Heimat – zu Hause – träumen. Ungestört, allein mit seinen Gedanken und mit sich selbst. Die Heimat läßt niemanden los. Wer weiß das schon?

Die Turmuhr schlägt – dumpf. Der Wind trägt die Klänge über die alten Dächer der Stadt. Schwebend gleiten sie dahin, an den lauschenden Ohren des alten Mannes vorbei, der träumend auf der Bank unter der Weide sitzt – hinaus in die unendliche Weite des Alls. Leise verklingend.

Stille, Stille, die nicht einmal der Herzschlag des alten Mannes stören möchte. Wundersame Stille. Und auf seinem Gesicht liegt ein glückliches, zufriedenes Lächeln.

Günter K. P. Starke

Vergeßt uns nicht

Wie in einen großen, weiten Mantel hatte sich die Erde in die weiße Schneedecke eingehüllt. Ja, der Schnee lag hoch. Aber noch höher waren die Stacheldrahtzäune, die um das Lager, das weit von der Heimat entfernt in der weiten Steppe lag, standen. Kein Wind wehte. Klar und rein war die Luft in dieser Nacht.

Mühsam bahnte sich der Mann, der in einem zerschlissenen grauen Mantel die Baracke verlassen hatte, einen Weg durch den hohen Schnee. Das Gesicht des Mannes war eingefallen, doch seine Augen hatten einen strahlenden, leuchtenden Glanz. Heute wollte er seinen Lieben daheim so nahe wie nur möglich sein. Heute – in der Heiligen Nacht.

An dem hohen Zaun blieb er stehen, an dem Zaun, der ihm verbot, weiter zu gehen. Hier war die Grenze zwischen Freiheit und Gefangenschaft, die Grenze, die ihm verwehrte, zu Hause zu sein. Seine Hände legten sich schwer auf den Draht, so daß sich die Stacheln in die Haut seiner mageren Hände bohrten. Sein Blick war in die Ferne gerichtet, in die Richtung, wo er die Heimat wußte. Oft war er schon den Weg bis zum Zaun gegangen, aber heute war es noch anders. Heute begleitete ihn das Singen seiner Kameraden. Sie sangen Weihnachtslieder – Weihnachtslieder, wie sie in der Heimat gesungen wurden, und die er schon so oft mit seinen Lieben unter dem geschmückten Weihnachtsbaum gesungen hatte. Langsam fing es wieder an zu schneien. Immer dichter fielen die Flocken und setzten sich ihm ins Gesicht. Aber der Mann merkte es kaum. Seine Gedanken wanderten zurück, wanderten den Weg zurück, den er einst unter schweren Qualen gehen mußte. Bis – ja bis er hinter diesem Draht war. Wie lange war das schon her? Er wußte es nicht mehr genau. Für ihn lag eine Ewigkeit dazwischen, eine Ewigkeit voller Qualen. Wie gerne würde er diesen Weg noch einmal gehen, wenn er wüßte, daß es die Erlösung sein, und der Weg nach Hause führen würde. Ja – nach Hause.

Plötzlich sah er sich bei seiner Familie, sah den Weihnachtsbaum und den Glanz der Kinderaugen. Der kleine Hansi ist nun wohl schon ein großer Hans geworden und spielt nicht mehr mit kleinen Eisenbahnzügen. Ob er Tischler geworden ist? Wie stolz war er immer, wenn er für Mutti etwas gebastelt hatte. Der Mann fühlte wieder den Druck auf seinen Knien, wo die kleine

Erika gesessen hatte, die dann mit so strahlenden Augen in die Kerzen sah. Er fühlte auch den dankbaren Blick seiner geliebten Frau auf sich ruhen.

Der Mann am Stacheldrahtzaun spürte die Kälte nicht, merkte nicht, daß seine Hände schmerzten. Er war daheim – mitten in der kleinen, warmen Stube zwischen seinen Lieben. Ob sie heute abend an ihn dachten? Ob sie fühlten, daß er bei ihnen war, daß ihnen seine ganze Sehnsucht galt? Wußten sie, daß er diese schwere Zeit nur überstanden hatte und weiter überstehen würde, weil die Hoffnung da war, die Hoffnung, eines Tages wieder bei ihnen zu sein? Seine Lippen bewegten sich, und sie formten die Worte „Vergeßt mich nicht". Es wurde ihm nicht bewußt, daß er die Worte laut gesprochen hatte.

Wieder erklang ein Lied durch die Nacht. Die Augen des Mannes verschleierten sich und laut sang er mit, sang mit – das Lied der „Heiligen Nacht". Als das Lied leise verklang, sank sein Kopf auf die Brust. Er war wieder allein, allein mit seinen Gedanken und mit seinem Hoffen und mit sich selbst.

Eine Hand legte sich auf seine Schulter. Er sah in das Gesicht eines Kameraden, eines Kameraden, der wie andere das gleich schwere Los mit ihm teilte.

„Komm", sagte er. „Sie werden uns nicht vergessen!"

****

Dieser Mann traf am 13. 12. 1955 in Friedland ein. Er gehörte zu den 9622 Kriegsgefangenen, die nach dem Moskauer Abkommen – Bundeskanzler Adenauer erreichte es – freigekommen waren.

Günter K. P. Starke

Jede Vollendung war Abschied

Glutrot stand der feurige Ball der untergehenden Sonne am fernen Horizont. Es war ein herrlicher Abend. Irgendwie schien die Luft verändert. War es die plötzliche Stille? Kein Motoren- oder Pumpengeräusch drang von der Brücke herauf. Der Bau der Brücke war beendet. Nichts erinnerte an den Lärm der Maschinen, an das Knattern der Niethämmer und an die lauten Rufe der Arbeiter. Geblieben war das Projekt – die Brücke.

Ich saß vor meiner Hütte und sah hinunter zum Strom, dessen schmutziges, gelbes Wasser gegen das Ufer plätscherte. Kein Wind wehte.

Aus der großen Baracke, in der die Arbeiter schliefen, klang wehmütig die Musik einer Harmonika zu mir herüber. Ich kannte die Melodie nicht. Aber ich spürte, daß es ein Lied war, das vom Abschied erzählte. Ich versuchte, die Melodie mitzusummen – und ich fand es schön, obwohl ich vollkommen unmusikalisch und meine Stimme rauh war.

Ein Geräusch ließ mich hochsehen. Es war das Knarren der Tür. Für einen Moment fiel der Schein des Lichtes vor die Hütte und erhellte den Platz, wo ich saß. Bergen war herausgetreten und setzte sich neben mich auf eine Kiste. Zwischen seinen Lippen steckte, wie immer, seine Pfeife. Harald Bergen war Ingenieur und leitete den Bau der Brücke. Er war Deutscher. Er sprach nie viel und doch war er bei den Leuten beliebt. Für die Dauer des Baues bewohnte er in meinem Hause ein Zimmer und so kam es, daß wir Freunde wurden. „Hast Du Feuer?" fragte er. Ich hielt ihm mein Feuerzeug hin. Für einen Augenblick konnte ich sein Gesicht sehen. Es war blaß. Und seine Hand, in der er die Pfeife hielt, zitterte leicht.
„Danke!"
Er sah zur Brücke hinüber, deren Pfeiler und Bogen sich gegen den von der untergehenden Sonne erhellten Himmel majestätisch abhoben."

„Eine schöne Brücke", sagte ich
„Ja, eine schöne Brücke," sagte er. Seine Stimme war trocken und ohne Klang.
„Du hast schon viele Brücken gebaut?"
„Ja, ich habe schon viele Brücken gebaut."
„Es muß schön sein, so vor seinem Werk zu sitzen."
„Für mich heißt jede Vollendung – Abschied."

„Du fährst noch heute nacht?“
„Ja.“
„Du hast ja niemanden, nicht wahr?“
„Nein, ich habe niemanden!“ In jedem seiner Worte lag Einsamkeit.
Wir hatten nie über diese Dinge gesprochen. Aber an jenem Abend spürte ich, er wollte sprechen.
„Und es gab niemals einen Menschen?“ fragte ich.
„Doch, es gab einen Menschen, eine Frau. Ich liebte sie, und sie liebte mich. Es begann, als wir eine Brücke bauten. Ja, es war genau so eine Brücke wie diese. Unter ihr floß genau dasselbe schmutzige Wasser wie unter dieser. Aber unsere Liebe war rein. Nie haben wir darüber gesprochen.“

„Du hast es ihr nie gesagt?“
„Nein. Wozu auch, wir fühlten es – beide. Für einen Moment trat eine Pause ein. Er klopfte seine Pfeife aus, stopfte sie neu und bat mich wieder um Feuer. Tief sog er den Rauch ein und blies ihn vor sich hin. „Warum hast Du sie nicht gefragt, ob sie mit dir gehen wolle, bei dir sein – wo immer du bist?“ Er schüttelte den Kopf und stand auf. „Das konnte ich nicht. Sie hatte einen Mann.“
„Aber wenn ihr euch liebtet, dann …!“
Wieder schüttelte er den Kopf. „Es durfte nicht sein. Ihr Mann war mein bester Freund, und ich wollte ihn nicht verlieren. Für mich blieb, wie bei jeder Vollendung eines Baues – der Abschied!“

Er klopfte mir leicht auf die Schulter, drehte sich um und ging langsam davon. Sinnend sah ich ihm eine Weile nach. Er ging zur Brücke. „Ein sonderbarer Mensch“, dachte ich. Mein Blick glitt noch einmal über die Kiste, auf der er gesessen hatte. Ich stutzte und bückte mich schnell. In meinen Händen hielt ich ein goldenes Kettchen, an dem ein Medaillon befestigt war. Es war das Medaillon meiner Frau.

Günter K. P. Starke

VON DER RÖMERSIEDLUNG ZUM ELEGANTEN BADEORT
BRAUNSCHWEIGS PARTNERSTADT BATH

Bath liegt in einem lachenden Tale, rund umschlossen von beträchtlichen Anhöhen, die sich nur öffnen, um dem schönen Strom Avon den Durchgang zu gewähren. Johanna Schopenhauer, Mutter des Philosophen, gehört zu den großen Persönlichkeiten, die Bath besucht und euphorisch beschrieben haben: „Von wunderbar einziger Schönheit ist der Anblick der Stadt. Bald war ihr das Tal zu eng, und sie erhob sich auf die nächsten Anhöhen, höher und immer höher türmte sie Paläste über Paläste, wetteifernd untereinander an Schönheit und allem Schmucke der neuen Architektur." Der erste überwältigende Eindruck einer empfindsamen Reisenden um 1800? Kaum. Denn als das Reisen noch ein großes Erlebnis war, stellte eine britische „Zeitung der angesehenen Gesellschaft" ihren Lesern die Frage, welche drei Städte in England wohl die sehenswertesten seien, wobei an dem ersten Platz Londons wohl kaum ein Zweifel bestand. An die zweite Stelle kam aber mit fast einhelliger Meinung Bath, die Kurstadt am Avon, die damals noch den Namen Aquae Solis trug.

Und in den vergangenen Jahren haben auch viele Braunschweiger den Weg dorthin gefunden. Denn schon seit mehr als 30 Jahren bestehen freundschaftliche Kontakte zwischen der Löwenstadt und Bath, das seit 1971 Partnerstadt Braunschweigs ist.

Die Stadt empfängt ihre Besucher mit offenen Armen ihrer Crescents, ihrer halbkreisförmigen Häuserreihen am Hang, sie empfängt jeden mit der beschaulichen, bewohnbaren Geometrie runder und rechteckiger Plätze. Es gibt kaum eine Stadt, die als ein in sich geschlossenes Ganzes so erhalten geblieben ist wie Bath mit seinen etwa 86000 Einwohnern. Die notwendig gewordenen Neubauten entstanden überwiegend am Südufer des Avon; aber nie als Hochhäuser. Man hat Bath wegen dieser Unversehrtheit mit Siena verglichen, wegen der Pulteney Bridge über dem Avon mit Florenz und wegen der stillen Harmonie seiner Häuserfassaden mit Aix-les-Bains. „Aber jeder dieser Vergleiche tut Bath Unrecht", notiert Hermann Schreiber („Südengland – Von Dover bis Cornwall").

Blick von Osten auf die „Abbey“. Im Vordergrund der Fluß Avon.

Englands vorgeschichtliche Periode endete mit den Römern, die gern ihre schmerzenden Glieder in die warmen Quellen tauchten, die es in Bath gibt. Sie erbauten sogar eine Straße von London (Londinium) nach Westen an den Bristol Channel, der zu der Zeit noch den schönen Namen Sabrina trug. Die römischen Badeanlagen von Bath sind erst seit etwa zwei Jahrhunderten wieder zugänglich und zum Teil heute wieder in Betrieb.

Dem 18. Jahrhundert, der Zeit der hannoverschen Könige, blieb es vorbehalten, das alte Bath in eine bewunderswerte Stadt zu verwandeln. Bath, diese geplante Stadt in einem herrlichen Landschaftsgarten, wirkt organisch gewachsen, in großem Maßstab entworfen, aber maßvoll gebaut im einzelnen wie im ganzen. Dabei planten John Wood der Ältere und sein Sohn John Wood der Jüngere nichts Geringeres, nichts Prächtigeres als eine Stadt nach römischem Vorbild, mit einem „Forum“ für Versammlungen und einem „Circus“ für Sportmöglichkeiten.

Mit vielen Geschäften auf beiden Seiten überspannt die Pulteney-Brücke den Avon – ein gewaltiges Bauwerk, das nach einem Entwurf von Robert Adam 1770 errichtet wurde. Queen Square heißt das erste und durchaus königliche Wohnviertel John Woods d. Ä. (1729 bis 1736). Malerisch beschreibt Peter Sager („Süd-England, Von Kent bis Cornwall“) einen Spaziergang durch Bath: „Vorbei an Woods eigener Wohnung, dem barock gebogenen Eckhaus Gay Street 41, betreten wir The Circus, den vollkommenen Wohnkreis. Drei Straßen gehen strahlenförmig von ihm aus, drei übereinandergesetzte Säulenordnungen – toskanische, ionische, korinthische Zwillingssäulen – gliedern die Fassaden, steigern ihren kreisenden Rhythmus und betonen zugleich die Ruhe des Horizontalen.“

Schock der Schönheit

Dieser Circus wurde von Wood d. Ä. geplant und in seinem Todesjahr 1754 von seinem Sohn begonnen und 1758 vollendet. „Und“, so fährt Sager an anderer Stelle fort: „Wood führt uns auf der Brook Street wie beiläufig vor sein Hauptwerk, auf das er uns an der Ecke den Blick freigibt. Plötzlich unvorbereitet: der Schock der Schönheit. Dreißig Häuser, die wie ein einziges aussehen; eine lange, halbmondförmige Fassade (184 Meter) mit über hundert ionischen Säulen; eine Steinmasse in großer gemessener Schwingung, die sich öffnet in den größeren Umkreis der Landschaft, den grünen Hügel hinunter über Bath und den Avon bis Beechen Cliff auf der anderen Seite. Wood d. J. imponiert uns nicht mit einem Palast für die wenigen – er hat ein Reihenhaus gebaut, als sei es ein Palast für jedermann.“

Besser kann man den Royal Crescent, dieses Hauptelement der Stadtentwicklung kaum beschreiben. Dieser Crescent mit einem weiten Blick in die Shakespearesche Landschaft griff bei der Planung weit in die Zukunft, war die Sprengung der alten Stadtgrenzen, die Beseitigung aller einengenden Schranken und der Wille, die neuen Wohnquartiere außerhalb der alten

Stadtkerne hinauszubauen auf die Anhöhen und Wiesen der Umgebung, an die Ränder von Parks und Wäldern.

Wohlhabende Grundbesitzer wie Ralph Allen und William Pulteney haben in Gemeinschaft mit den genannten Woods und begabten Architekten wie Robert Adams und Thomas Baldwin die bedeutendsten Bauwerke geschaffen, die heute der Stadt Bath ihren besonderen Charakter verleihen. Den Aufstieg von der Provinzstadt zu dem berühmten Badeort aber hat kein Architekt und kein König geschafft. Das Royal Bath, die Georgian City, wurde berühmt durch eine verkrachte Existenz, die nichts als das Glücksspiel und die Spielregeln der Gesellschaft beherrschte, aber das so meisterhaft weltmännisch, daß man ihn den „King of Bath“ nannte: Richard „Beau“ Nash.

Was diesem Mann an Bildung fehlte, ersetzte er durch ein außerordentliches Maß an Selbstsicherheit. Als 1703 Queen Anne Bath besuchte, begann die Pflege der Etikette. Johanna Schopenhauer über Nash: „Eine um ein glänzendes Nichts herumdrehende Existenz“, die „nur von der Gunst des Augenblicks lebte und diesem Augenblick ein ungeheures, fast unvergängliches Denkmal setzte, indem eine der schönsten Städte Europas ihm ihre Existenz verdankt.“ „Follow the famous to Bath“ wirbt der Poststempel noch heute. Die Abteikirche ist übersät mit Gedenktafeln berühmter Namen. Den Ruhm der ehemaligen Bischofskirche von Bath, in deren angelsächsischem Vorgängerbau König Edgar 973 gekrönt wurde, verdankt sie ihren vielen großen Fenstern, die ihr den Namen „Laterne des Westens“ eintrugen. Angesichts der etwa 600 Gedenksteine in der Abbey Church prägte ein einheimischer Badearzt das Epigramm: „Meine Damen und Herren, an den Gräbern sehen Sie eben: Das Wasser von Bath führte nicht zu längerem Leben.“

Die Stadt als Hotel

Diese genannten „Roman Baths“ wurden besucht von Kaiser Augustinus, Trajan sowie Hadrian und sind die eindrucksvollsten Zeugnisse der Römer. Auch das Information Centre in Bath hält eine Liste mit berühmten Namen bereit, in denen als Besucher Daniel Defoe, Walter Scott und Charles Dickens wohl die bekanntesten sind. Wobei der Organist Herschel aus Hannover (1781) nicht vergessen werden soll, hat er doch von seiner Wohnung aus in der King Street 19 einen neuen Planeten, den Uranus, entdeckt.

Aber auch das neuere Bath spielt in der alten Kulisse. Als Beispiel sei nur das Festival im Juni genannt, dem kein Geringerer als Yehudi Menuhin lange

Das Theater „Royal“ in Bath.

Zeit seinen Stempel aufdrückte. Für die Touristen gilt der Pumpensaal (in der Nähe der Abbey) als gesellschaftlicher Treffpunkt, der über den Römischen Bädern gebaut worden ist. Dort kann man im Prunk des reichlich mit Gold ausgestatteten Saales gemütlich und behaglich eine Tasse Kaffee oder Tee trinken. Und dort, wo vor 200 Jahren Geigen und Flöten zur Ergötzung von Lebemännern erklangen, spielen heute Musiker zum Morgenkaffee für die Gäste, die vielleicht, wenn sie fremd sind, wie Johanna Schopenhauer staunen: „Die ganze Stadt ist ein ungeheures Hotel garni.“

Expeditionen zu den Yanonámi-Indianern Nordwest-brasiliens – jeweils neunmonatig: 1955/56 – 1966 – 1970

Hans Becher

Akkulturationsprobleme brasilianischer Indianer

Mit der Entdeckung Brasiliens durch Pedro Álvares Cabral im Jahre 1500 begann für die brasilianischen Indianer das erste Akkulturationsproblem. Diesen Umstand erkannte man bereits in dem Brief von Pero Vaz de Caminha, dem Schreiber der portugiesischen Flotte, an Dom Manuel. Nicht anders war es bei späteren Kontakten brasilianischer Eingeborener mit europäischen Forschern. Stellvertretend für alle mutigen Persönlichkeiten, die ihr Leben und ihre Gesundheit für die Erforschung Brasiliens auf Spiel setzten, sei hier der deutsche Universalgelehrte und kaiserlich russischer Generalkonsul in Rio de Janeiro, Georg Heinrich Freiherr von Langsdorff, genannt, der von 1822 bis 1829 die erste russische Expedition in Brasilien leitete. Durch seine Tagebücher und die Expeditionszeichner, Johann Moritz Rugendas (Deutscher), Adriano Amadeo Taunay und Hercules Florence (Franzosen) verfügen wir noch heute über eine lebendige und eindrucksvolle Dokumentation bezüglich der Akkulturationsprobleme brasilianischer Indianer vor 170 Jahren.

Aus eigener Anschauung möchte der Autor aber auch persönliche Erfahrungen aus der Gegenwart schildern. Während dreier, jeweils neun Monate währenden Expeditionen zu den Yanonámi-Indianern Nordwestbrasiliens, 1955/56, 1966 und 1970 konnten die Akkulturationsprobleme bis ins Detail studiert werden. Diese drei Forschungsreisen sind geradezu ein verkleinertes Abbild der bisherigen Forschungen im Hinblick auf den Kulturwandel brasilianischer Indianer, welches durch umfangreiches Bildmaterial ergänzt wird.

Als der Autor am 10. Oktober 1955 zum erstenmal mit neun Surára- und Pakidái-Indianern an der Cachoeira dos Índios (Stromschnelle der Indianer) am oberen Rio Aracal zusammentraf, lebten diese noch wie in der Steinzeit und ohne jeglichen Kontakt zur Zivilisation. Dem Autor und seinem Begleiter, Mateus Dias, einem reinblütigen Tuakano-Indianer vom oberen Rio Negro, wurde ein sehr freundschaftlicher Empfang zuteil von den nur mit Hüftschnüren ‚bekleideten' Einheimischen, die in den Händen über 2 m hohe Bogen und Pfeile trugen. Es zeigte sich, was man von der Entdeckungszeit

Erste Begegnung mit den bisher unbekannten Surára-Indianern an der „Stromschnelle der Indianer“ am oberen Rio Aracá. Oktober 1955 (Aufn.: Dr. Hans Becher)

bis heute immer wieder beobachten kann, das Indianer, die noch keine schlechten Erfahrungen mit der Zivilisation gemacht hatten, Fremdlinge sehr liebenswürdig aufnahmen. Die auf der Jagd befindlichen Indianer luden uns Fremde sofort ein, sie in das große ‚Gemeinschaftshaus' der Surára, im Ausläuferbezirk der Serra Parima (Grenzgebirge zwischen Brasilien und Venezuela) zu begleiten und trugen während des dreitägigen Marsches meine zahlreichen 50–70 kg schweren Koffer, Kisten, Säcke, voll mit Geschenken und Tauschartikeln, Messer, Beile, Töpfe, Kämme, Glasperlen, Spiegel usw. Es waren Gegenstände, die die Herzen der Indianer hochschlagen ließen und trotzdem wurden keine Objekte gestohlen.

Nach einem Marsch von drei Tagen erreichten wir das große, offene, fast kreisrunde Gemeinschaftshaus der Surára, wo wir zur Feuerstelle des Häuptlings Hewemao geführt wurden. Hier fand dann ein im Hocksitz durchgeführtes Begrüßungszeremoniell statt und anschließend wurden die Geschenke und Tauschartikel verteilt, wodurch die Indianer erstmalig mit Gegenständen der Zivilisation konfrontiert wurden, die sie vorher noch nie gesehen hatten. Doch es war erstaunlich, wie schnell und mit welcher Freude sie sich diesen neuartigen Dingen anpaßten. Dies traf auch für unsere Gewehre zu, obwohl sie das Knallen anfangs etwas erschreckte. Aber schon nach kurzer Zeit konnten sie damit genau so gut umgehen wie mit ihren großen Bogen und Pfeilen.

Bei meinem ersten Besuch, der neun Monate dauerte und bei dem mein Begleiter und ich vollständig im Stamm integriert wurden, konnte ich feststellen, daß diese Indianer zwar noch Jäger und Sammler waren, daneben aber auch schon Feldarbeit in Form der Brandrodung betrieben, und zwar an verschiedenen Orten. Doch die jägerische Komponente dominierte, was auch schon daran zu erkennen war, daß sie noch keine Keramik und Weberei kannten, und selbst Boote, Musikinstrumente und Masken waren ihnen unbekannt.

Bezüglich des Feldbaus konnte ich in Erfahrung bringen, daß die Surára und Pakidái diesen erst vor ca. einer Generation durch den Führungsstamm der östlichen Yanonámi, die Xiriána, kennengelernt hatten. Letztere übernahmen ihn durch ihren Kontakt mit feldbautreibenden Karaibenstämmen. Dies führte interessanterweise auch zur Entstehung von Mythen, in denen ausgeführt wird, daß z. B. die Pupunha-Palme und die Mehlbananen von Poré/Perimbé, dem Höchsten Wesen dieser Yanomámi-Stämme, zu ihnen auf die Erde gebracht worden waren.

Im Zusammenhang mit dieser Übernahme des Feldbaues muß aber auch bemerkt werden, daß bei den Karaibenstämmen die Frauen die Feldarbeit durchführen, während er bei den Surára und Pakidái ausschließlich in den Händen der Männer liegt, deren Frauen lediglich bei der Ernte helfen.

Bei meiner zweiten und dritten Reise zu den Surára und Pakidái konnte ich feststellen, daß sich der Kulturwandel erheblich gesteigert hatte. Diese Indianer hatten von sich aus Kontakte zu dem Indianerschutzposten Ajuricába am Rio Demini aufgenommen, d. h. sie kamen hierher gelegentlich als Besucher und auch zur Siedlung der Piaçabeiros (Sammler von Fasern der Piçaba-Palme am oberen Aracá). Dadurch waren sie nun schon recht gut mit Gegenständen der Zivilisation vertraut geworden und hatten auch bereits die portugiesische Sprache so einigermaßen gelernt. Um Gegenstände der Zivilisation zu erhalten, arbeiteten einige Indianer gelegentlich als Palmfaser- oder Kastaniensammler, aber immer nur für kurze Zeit. Danach zogen sie sich wieder in ihr Streifgebiet im Urwald zurück und lebten hier wie ihre Vorfahren. Der Kontakt mit der Zivilisation hatte ihre alte indianische Kultur nicht verwässert, obgleich es äußerlich den Anschein erweckte, wenn man gelegentlich bekleidete Indianer beim Schutzposten Ajuricába oder am oberen Rio Aracá sah. Diese Kleidungsstücke trugen sie hier nicht etwa aus Gründen der Moral, sondern lediglich aus Prestige, um es den Zivilisierten gleich zu tun.

Während meiner Aufenthalte 1966 und 1970 konnte ich feststellen, daß der Kulturwandel bezüglich der materiellen Kultur große Fortschritte gemacht hatte, daß aber die geistige Kultur vollständig intakt geblieben war. Auch katholische und protestantische Missionare hatten hieran nichts ändern können. Um Geschenke zu erhalten, gingen die Indianer zwar gelegentlich zum Gottesdienst, doch von dem christlichen Gedankengut blieb bei ihnen nichts haften. Als Höchstes Wesen verehren sie nach wie vor Poré/Perimbé, die doppelgeschlechtliche Mondgottheit, die mit den Yanonámi nur über die gigantischen Tier- und Pflanzengeister, Hekurá, verkehrt.

Auch die Reinkarnationsgedanken, in Verbindung mit einer kombinierten Baum- und Brandbestattung und dem anschließenden zeremoniellen Trinken der Knochenasche verstorbener Stammesangehöriger (Endokannibalismus), sind nach wie vor lebendig geblieben.

Inzest und Vergewaltigung gelten trotz der äußerlichen Hinwendung zur Zivilisation noch immer als schlimmste Verbrechen. Trotzdem werden beide Delikte nach unserer Auffassung nicht bestraft. Aber für diese Urwaldindia-

Surára- und Pakidái-Indianer am Rio Aracá in Nordwest-Brasilien. Tanz im Schnupfenpulverrausch anläßlich des Totenerinnerungsfestes. (Aufn.: Dr. Hans Becher)

ner, deren Leben streng nach dem Mondmythos geregelt ist, bedeutet die ins Jenseits verlagerte Strafe eine furchtbare Abschreckung. Der Körper des Gesetzesübertreters wird nach dem Tode nicht verbrannt. Damit ist der Kreislauf der Reinkarnation unterbrochen. Es gibt für den Täter keine Wiedergebut, an die felsenfest geglaubt wird. Der Täter hat damit seine Seele vernichtet.

Wer von dieser Strafe betroffen wird, gerät oft in solche Verzweiflung, daß er den Selbstmord als letzten Ausweg wählt. Aber da schon Kinder mit abschreckenden Vergewaltigungsmythen aufwachsen, trägt dies in großem Maße dazu bei, daß sie vor solchen Verbrechen zurückschrecken.

Der Häuptling, zugleich Priester und Zauberarzt, hat es leicht, seine kleine Gemeinschaft zu führen, denn Sitten und Gebräuche sind seit Jahrhunderten fest verankert und geben den Stammesangehörigen einen Halt. Sobald aber der Eingeborene seine Familie und die Stammesgemeinschaft verläßt, entwurzelt er schnell und verfällt dem Alkohol oder dem Rauschgift.

In den brasilianischen Nationalparks, wie z. B. am oberen Xingú, am Rio Araguaia oder im Tumucumaque-Gebirge im Grenzgebiet von Brasilien und Surinam, versucht man alles, um die dort lebenden Stämme in ihrer Eigenart zu erhalten. Allen Fremden ist der Eintritt in diese Regionen untersagt, denn die brasilianische Regierung will die Indianer mit allen Mitteln vor unerfreulichen Elementen der Zivilisation schützen. Zu diesem Zweck hat man sogar eine indianische Polizeitruppe aufgestellt, die in Belo Horizonte von Offizieren der Polizei und des Heeres ausgebildet wird. Dieses an sich sehr positive Vorgehen birgt aber auch negative Seiten in sich. Denn auf verschiedene Angehörige dieser aus dem Urwald in die Großstadt gekommenen Indianer wirkt Belo Horizonte geradezu wie ein Schock. Sie bewältigen ihre neuen Aufgaben nicht und entwickeln nach ihrer Rückkehr in die Stammesgemeinschaft einen Superioritätskomplex und Uniformdünkel. Plötzlich halten sie sich für etwas Besseres und wollen ihre Stammesangehörigen nicht nur beschützen, sondern vor allem beherrschen.

Solchen Auswirkungen versucht die Fundaçao Nacional dos Índios (FUNAI) maßvoll entgegenzuarbeiten. Doch die Mehrzahl der indianischen Polizeitruppe ist von solchen Auswüchsen nicht betroffen, und man muß sagen, daß dieses Experiment außerordentlich zufriedenstellend verläuft.

Es ist zu wünschen, daß die brasilianischen Indianer noch lange ihre Eigenständigkeit behalten.

Rosemarie Gleiss

BEGEGNUNG IN LIMA 1980

Als Jürgen Braune aus der Kathedrale tritt, blendet ihn das grelle Sonnenlicht, das gleißend auf den hellen Steinen der Plaza de Armas liegt, auf den weißen, stilvollen Gebäuden mit den Arkaden und den hochgezogenen, reichgeschnitzten, dunklen Holzbalkonen. Die Sonne brennt heiß, er wendet sich nach rechts, geht an dem Erzbischöflichen Palais vorbei und kommt in eine enge, etwas winklige Straße, in der das Licht gedämpft auf dem holprigen Kopfsteinpflaster liegt.

Dort, wo der schmale Bürgersteig einen leichten Knick gibt, steht an einem dunklen Hausflur zwischen zwei Geschäften eine Mülltonne. Davor ein kleines Mädchen im wippenden, bunten Rock und verwaschener roter Bluse, barfuß, gereckt auf den Zehen, den großen Deckel des Behälters zurückwerfend. Neben ihr wartet ein fast winziger Junge, in der einen Hand einen leeren Beutel haltend, den ihm das Mädchen nun abnimmt. Es macht einen Sprung, stemmt sich an dem Rand der Mülltonne hoch, und schon beginnt es in dem Inhalt des Abfalls herumzustöbern.

Manchmal hat es den Anschein, daß das Kind das Gleichgewicht verlieren könne. Aber flink buddeln die Finger einige Dinge heraus und werfen sie in den grauen Beutel, bis dieser fast gefüllt auf den Boden fällt. Noch einmal beugt es sich ganz tief in die Tonne – und mit einem jubelden Aufschrei des Entzückens springt es wieder auf das Pflaster, in den Händen – noch ganz von Unrat beschmutzt – eine alte Puppe fest umklammernd.

Es hebt sie, in beiden Händen haltend, hoch in die Luft und strahlt sie an, nimmt sie dann wieder ganz schnell herunter und drückt sie, sich wiegend, an die Brust. Die kleinen schwarzen Zöpfe schwingen vor Erregung, das Kind hüpft von einem Bein auf das andere, als könne es die Freude gar nicht erfassen.

Jürgen Braune steht noch immer an der gegenüberliegenden Häuserwand, die zum Gouverneurpalast gehört. Da sieht er, wie mit langsamen Schritten ein Polizist auf die Kinder zugeht und mit einem raschen Griff dem Mädchen die Puppe entreißt.

„Nein, nein –!" Jürgen ist mit einem Satz bei den Kindern, spricht auf den Polizisten in spanischer Sprache ein, nimmt ihm mit einer höflichen Geste und einem gewinnenden Lächeln die schmutzige Puppe wieder ab und reicht sie dem Kind, das mit staunendem Gesicht und großen Augen zu dem Fremden aufsieht.

Nur wenige Meter entfernt wartete Miguel, der Taxifahrer, der seinen Wagen an der Railway-Station geparkt hatte, weil sein Fahrgast eine Fahrkarte für den nächsten Tag kaufen sollte – für einen Zug, der sonst keinem Touristen bekannt und auch nur für die Indios gedacht war, die in den Dörfern hoch in den Anden wohnten und ihre Erzeugnisse in die Stadt auf den Markt brachten. Für die Güterzüge, die das Erz und das Zinn aus den Bergwerken hinabfuhren, und auch für diejenigen, die nach Lima gezogen waren in der Hoffnung, dort Arbeit zu finden, und nun hin und wieder zu der Familie in ihr Dorf fuhren.

Miguel tritt an Jürgen Braune heran. In seinem Gesicht, das sonst von einer starr-verbindlich-lächelnden und doch abweisenden Maske verborgen war, wie es den Indios eigen ist, zucken ein paar Fältchen um die Augen

„Mister", spricht er ihn an, „die Kinder können die Puppe nicht behalten. Viele werden sie haben wollen und man wird sagen, die Kleinen hätten sie gestohlen. Es wird dann böse für sie werden. Sie haben einen weiten Weg vor sich. Wer weiß, was man ihnen tun wird."

Der junge Mann schaut sprachlos auf den Indio. Er versteht diese Menschen nicht. „Dann fahren wir diese Kinder eben nach Hause – basta! Und ich werde ihnen vorher noch Brot und Kuchen kaufen."

Er zeigt auf einen Bäckerladen, der gleich nebenan seine Tür geöffnet hat. Er achtet nicht darauf, wie der Taxifahrer mit den Händen abwehrt, er nimmt die Kinder und läßt sie von den süßen Stücken aussuchen, von Dingen, die sie bisher nur hinter Glas gesehen hatten.

Miguel steht da und redet auf spanisch und spricht in englisch auf Jürgen Braune ein, er wird immer lauter, seine Gesten immer lebhafter, die vorbeieilenden Leute bleiben stehen, der Polizist hebt die Schulter – dieser schmale, blonde Mann ist ein Deutscher und tut ja doch, was er will.

Als die Kinder hinten im Wagen sitzen, neben sich den nicht gerade angenehm riechenden Beutel und die zerfledderte Puppe, in der kleinen Faust ein Brötchen, versucht Miguel es noch einmal.

„Kein Sprit mehr –" sagt er. Aber Jürgen Braune zeigt auf die Benzinuhr und reicht ihm einen Schein. Miguel schüttelt den Kopf. „Mister, ich weiß, wo die Kinder wohnen. Draußen, in der Wüste, in einer Barriada, wissen Sie, was das ist?"

Seine Augen blicken verzweifelnd auf den Fremden. Wie soll er ihm erklären, daß er, ein weißer Ausländer, dort nie hindarf, und daß die Kinder allein mit diesem Paket niemals bis zu ihrem Zuhause kommen würden, selbst wenn man sie bis an die Barriada heranfahren würde.

„Weißt du, Miguel", sagt Braune zu dem Fahrer, „ich bin Arzt, ich habe schon viel Leid gesehen, ich bin kein Kapitalist, wie du vielleicht denkst. Die Reise habe ich von meinen Eltern geschenkt bekommen für mein gutes Examen, aber auch sie haben dafür sparen müssen."

Während der junge Mann erzählt, blickt der Indio zu ihm hinüber, in dieses von Sonne gebräunte Gesicht.
„Du Arzt?" fragt er. „Was für ein Medico?"
„Ich helfe den Frauen, wenn sie ihre Kinder bekommen." Ein glückliches Lächeln huscht über seine Züge.

Sie fahren an dem Residenzviertel vorbei, elegante, großzügige, weiße Gebäude, die von prächtigen, grünen Anlagen mit buntleuchtenden Blumen darin, umgehen sind, auf breiten Straßen, wie sie besser nicht hätten sein können. Lima – eine Stadt, die Kultur ausstrahlt, Schönheit, Eleganz und auch Heiterkeit, eingehüllt in Wärme und Sonnenschein, umgeben vom sanften, blauen Meer des Pazifischen Ozeans. Lima – eine Stadt, in der man zu glauben meint, daß das Glück hier wohnen müsse.

Die Häuser bleiben zurück. Auf der linken Seite beginnen allmählich die Wüste und die kahlen Berghänge. Immer häufiger sieht man Kinder mit einem Sack und einem Stock zum Suchen in Mülltonnen oder Abfallhalden nach Nahrungsmitteln, die man noch irgendwie essen oder verwerten kann. Kinder, barfuß, oder in dünnen, löchrigen Sandalen, auf den von der Sonne glühendheißen Straßen, müde mit schleppenden Schritten, mit großen, traurigen Augen in matten Gesichtern.

Als sie auf der Straße nach Pachacamac sind, auf der „Traumstraße der Welt", sehen sie am Horizont etwas, das wie Waben aussieht, hingeduckt an den Berghang, an dem es nur kahle Steine und losen, lockeren Sand gibt. Waben, die menschliche Behausungen sind, durch Latten und aus Zuckerrohrabfall geflochtene Matten getrennte Schachteln, in denen ganze Familien hausen, meist ohne Strom, ohne Wasser.

„Traumstraße der Welt“, sagt Jürgen Braune zu sich selbst, fragt er sich, als Miguel die Kinder zu ihrer Mutter bringt. Schräg gegenüber liegt Pachacamac, Freiluftmuseum einer Ruinenstadt aus der Inkazeit.

Schweigend fahren sie nach Lima zurück, der indianische Taxifahrer und der deutsche Arzt. Sie besuchen Kirchen und Klöster, verweilen sinnend in den Kreuzgängen, in deren Mitte gepflegte Gärten mit Springbrunnen und Blumen liegen, in einer Stille, in die hinein das quirlend laute Treiben der Stadt nicht dringt.

Es ist schön hier, nicht so prunkvoll wie in Italien oder in Österreich, es ist wie eine Oase, in der man atmen und sich sammeln kann.

Dann gehen sie in ein kleines, einfaches Restaurant, mit dem Blick auf den Plaza des Armas, ein weiter Platz, gepflegte weiße Steinplatten, überall Rasenflächen mit Rosenrabatten und Bänken, vielen Bänken, auf denen Leute sitzen und plaudern. Überall Menschen, auf der Straße viele Autos und alte, bunte Busse. An der einen Seite die Kathedrale, ein kunstvolles, erhabenes Bauwerk, barock verschnörkelt im Stil der Kolonialzeit. Ihr gegenüber das Nationalpalais, vor dem – im weißen Uniformrock, auf dem Kopf ein blinkender, mit Federn und einem langen schwarzen Indianerzopf geschmückten Helm und mit einem langen, blitzenden Säbel an der Seite – die Wache steht.

Sie fahren die Straße nach Callao zurück. Die beiden jungen Männer sind im Laufe des Tages so etwas wie Kameraden geworden.

Auf einmal sehen sie, wie der Verkehr sich zum Stau sammelt. Der Taxifahrer schaut zu Jürgen Braune hinüber: „Soll ich einen Umweg machen?“ Er nickt.

Gleich biegen sie in eine Nebenstraße ein. Sie kommen an einen freien Platz, der mit Bäumen bestanden ist. Am Rand sitzen Frauen, die auf ihren Decken, in Schalen oder in Körben ihre Ware anbieten: Kleine Kartoffeln, Bohnen und Obst. Kein buntes Bild, wie es ein Tourist aus anderen Ländern gewohnt ist, kein Gedränge – ein Markt von Indios für Indios. Stumm sitzen die Frauen und warten, daß jemand etwas kauft.

Typisch die Hüte, die bunten Schultertücher, die groben Röcke, die die Beine verdecken.

Jürgen Braune zieht den Fotoapparat aus der Tasche, aber Miguel hält seine Hand darauf.

„Nicht Foto machen,“ bittet er. „Es sind arme Indios. Sonst kommt kein Tourist hierher. Du mußt verstehen: Der weiße Mann hat ihnen alles genommen, und jetzt, jetzt kommen die weißen Touristen, um das Elend und die Armut zu sehen und zu filmen; sie sind neugierig, arrogant und ihre Blicke sind beleidigend. Aber ein Indio ist stolz, er hat immer Würde gehabt, nicht nur in den Zeiten, als er das Gold noch besaß. Auch jetzt. Würde ist nicht an Reichtum gebunden. Es ist in dem Menschen, in seiner Seele, ganz gleich, ob er reich oder arm ist.“ Der Deutsche versteht und legt die Kamera zurück.

„Meine Schwester wohnt gleich hier, kann ich einen Augenblick halten? Sie erwartet ein Baby. Eigentlich wohnt sie bei meiner Mutter hoch oben in den Anden, das Dorf liegt in fast viertausend Meter Höhe. Aber sie ist so zart, deshalb ist sie gestern hierher gekommen. Ich schaue ganz kurz mal hinein, ja?“

Sie halten in einer Gegend, die wohlhabend erscheint. Neubauten, Hochhäuser, vornehme Mauern. Miguel geht durch eine Tür, kommt aber gleich zurück, reißt hastig den Wagen auf und zieht Jürgen Braune heraus. „Du Medico für Frauen, nicht wahr?“

Als er durch das Tor der Mauer geht, glaubt er seinen Augen nicht zu trauen. Eben noch der Eindruck von Wohlhabenheit – hinter dem Eingang eine der Coralones – auf engstem Raum zwischen Luxushäusern, Wellblechhütte an Wellblechhütte.

In einem Raum liegt Nuria, Miguels Schwester. Schmerzverzogen das zarte Gesicht, umgeben von dem langen, glatten, schwarzen Haar. Sie windet sich und beißt in die zu Fäusten geballten Hände, um nicht schreien zu müssen. Kerzen brennen, und im Kreis sitzen Frauen auf ihren Tüchern und starren auf die junge Frau. Erleichtert sieht er, daß in einem Vorraum ein Kessel mit heißem Wasser auf dem Feuer steht. Er sagt, daß er mit Nuria allein sein möchte, aber niemand versteht ihn, denn diese Indianer sprechen nur Quechua.

Er sieht in die Gesichter, die kalt, feindlich auf ihn blicken, doch zögernd verlassen sie den Raum. Er denkt mit Entsetzen an das, was geschehen würde, wenn er nicht mehr helfen kann. Aber für den Transport in das Krankenhaus ist es jetzt zu spät.

Fast eine Stunde ist vergangen, als ein kräftiger Schrei alle herbeieilen läßt, die eng an eng in den Hütten wohnen, sich wie Kinder freuen, daß Nuria und ihr Sohn gesund sind. Dem Arzt klebt das Hemd am Leib, keine Faser ist mehr trocken, der Schweiß rinnt aus jeder Pore. Er nimmt aus seiner Tasche einen Geldschein und drückt ihn der Mutter in die Hand.

„Kauf ein Stück Fleisch und bereite davon eine gute Suppe für Nuria, damit sie wieder zu Kräften kommt.“

Die Frau nimmt die Soles, aber ihr Gesicht bleibt starr und ihre Augen schauen an ihm vorbei.

Miguel reicht Jürgen die Hand, dann fahren sie weiter.

„Morgen früh hole ich dich ab. Ich fahre mit dir in die Anden und zeige dir den Ort, in dem meine Mutter und Nuria wohnen.

Ich war, als mein Vater im Zinnbergwerk tödlich verunglückte, noch ein Kind. Die frommen Schwestern in der Stadt haben mich aufgezogen und in der Schule viel lernen lassen, auch englisch und spanisch. Nebenbei arbeitete ich bei wohlhabenden Kaufleuten im Garten oder machte für sie Besorgungen.

Ich habe Glück gehabt. Man mochte mich, vielleicht weil auch ich sie mochte. Dann war ich Chauffeur. Voriges Jahr bekam ich das fast neue Auto geschenkt, als mein Chef nach Europa zurückging, und ich hatte soviel gespart, daß ich mich selbständig machen konnte.

Wenn Nuria wieder gesund ist, muß sie wieder in das Dorf in den Anden, bis der Junge so groß ist, daß er zur Schule gehen kann, dann werde ich dafür sorgen, daß er viel lernt, damit es ihm besser geht als den anderen hier, die in die Stadt zogen, weil der Boden nicht mehr genug Nahrung für alle gab. Sie zogen nach Lima, auf den Rücken die ganze Habe gebunden, weil sie glaubten, eine Arbeit zu finden, eine neue Heimat gründen zu können. Ein ganzes Dorf zog aus, nach und nach wurden es viele, Hunderte! So entstand eine Barriada nach der anderen. „Publo Jovenes“, „Junge Dörfer“ genannt. Die Männer fanden zum Teil auch Arbeit, ebenfalls auch einige Frauen, jedoch sehr schlecht bezahlte. Der Staat tut manches, aber allein in Lima vegetieren von fast fünf Millionen Einwohnern ungefähr drei Millionen in Barriades und Coralones. Das Schlimmste ist, daß die Indianer nur Quechua oder ihre Guarani-Sprache sprechen. Die Kinder lernen spanisch in der Schule, doch die meisten Eltern sind stolz auf ihre eigene Sprache.“

Ernst schaut Miguel Jürgen an. „Morgen zeige ich dir die Berge, so etwas Gewaltiges und Erhabenes hast du bestimmt noch niemals gesehen! Und der Condor, der mit seinen breiten Schwingen hoch durch die Luft gleitet. Der

Junge, dem du zum Leben verholfen hast, soll dort aufwachsen, wo er frei sein und lernen kann, mit den Lamas die steilen Hänge erklimmen."

Am nächsten Morgen fahren sie sehr früh mit dem Zug die Strecke nach Huancayo bis Rio Blanco hoch in die Anden. Zuerst an Barriades vorbei, dann durch fruchtbare Ebenen mit Baumwollfeldern, immer steiler klettert die starke Bahn im Zickzack die Berge hinauf über kühn geschwungene Brücken, deren Konstruktion schwindelerregend ist, durch lange Tunnel, die nicht enden wollen, dann wieder unter sich überrenkende Felsformationen, majestätisch, unvorstellbar gigantisch die fast in den Himmel wachsenden Berge, die tiefen Schluchten unter ihnen.

Der Ort, der eigentlich keiner ist, nur ein Halt für die Bahn, mit einem unscheinbaren Steinhäuschen, das aber stets fest verschlossen ist, als Station, wo man aus dem Zug die Post hinausreicht und auch wieder andere mitnimmt.

Jürgen Braune ist verwundert: Wer schreibt diesen Menschen hier, wer kann hier schreiben und lesen?

Auf dem Platz, der vor den Gleisen liegt, ist eine Wasserstelle, die einzige wohl in der ganzen Gegend. Eine Frau hat Wäsche, die sie in einer Wanne ausspült. Zwei kleine Mädchen helfen ihr dabei. Als Miguel sie begrüßt, lacht sie ihm entgegen und Jürgen Braune holt aus seiner Tasche zwei Apfelsinen, die er den Kindern gibt. Schüchtern nehmen sie die Früchte und lächeln scheu zu ihm auf. Solche Dinge bedeuten hier seltene Kostbarkeiten.

Sie gehen über den Platz die Böschung hinauf. Jenseits der dort sich windenden Straße liegen ein paar kleine Häuser, die nicht ganz so ärmlich aussehen wie die Steinbaracken am Bahnhof.

Auf einer Bank sitzt Nurias Vater. Jürgen kann sein Alter nicht schätzen. Er kaut Coca-Blätter, um die schwere Arbeit im Bergwerk, den ständigen Luftmangel in den Stollen, aus denen sie das Zinn schlagen, Schmerzen und die Kälte besser ertragen zu können.

Die beiden jungen Männer setzten sich zu ihm und erzählen von Nuria und ihrem Kind.

Grinca, eines der kleinen Mädchen, dem Jürgen eine Apfelsine gegeben hat, kommt die Böschung herauf und läuft über die Straße zu ihm hin, streckt ihre Hand aus und läßt einen kleinen schweren Gegenstand in seine Hand gleiten.

Die großen ausdrucksvollen Augen schauen gespannt und scheu lächelnd zu ihm auf. Er blickt auf den Stein, das Geschenk des Kindes. Ein Stein, so schwer, wie Erz es sein kann.

„Oh, wie schön ist der", sagt er und betrachtet ihn interessiert. Auf der einen Seite glitzert Bergkristall klar in der Sonne, auf der andern goldene und silberne Strähnen zwischen dunkelgrauem metallhaltigem Gestein. Alle Schätze dieser Berge. Freude und Staunen spiegeln sich in seinem Gesicht wider, glücklich läuft das Kind zurück – in seinen selbstgenähten Schuhen aus Lamafell, dem bunten grobgestrickten Kleid und der Mütze mit den langen Ohrenschützern.

Eine Lamaherde kommt voll bepackt in den Ort zurück. Frauen und Männer, die sie begleitet haben, bringen die Packen und Säcke in die Häuser und treiben dann die Tiere die Berge hinauf, damit sie sich dort ihre Nahrung holen.

Während Nurias Vater das Essen bereitet – gebratene Maiskolben soll es geben – laufen die beiden Männer in den Ort zum Bahnhofsplatz zurück. Miguel geht zu den Leuten, die eben gekommen sind und denkt nicht an Jürgen, der wie benommen stehen bleibt, sich auf einen großen von Büschen umstandenen Stein niederläßt, die Hand nach dem sich krampfenden Herzen fassend. Seine Knie sind weich, in den Ohren dröhnt es, alles um ihn ist wie verschwommen. ‚Höhenrausch' denkt er noch.

Eine Hand legt sich ihm auf die Schulter – wie lange mag er hier schon gesessen haben? Miguel steht neben ihm und reicht ihm eine flache Flasche. „Trink, dann geht es dir gleich besser."

Es ist ein ihm unbekannter Geschmack. Nicht schlecht, denkt er, er paßt zu dieser markanten Landschaft in der Höhe dieser gigantischen Berge. Später erfährt er, daß es Coca-Tee war, Tee aus Coca-Blättern.

Während er noch eine Weile sitzen bleibt, hört er ein Gespräch von einigen Männern hinter sich, die ihn nicht sehen. Er nimmt die Worte wahr, spanisch gesprochen, wie „Ausbeutung, Aufstand, Revolte". Er schließt die Augen. ‚Höhenrausch' denkt er. Aber das Gespräch hinter ihm bleibt.

Als sie wieder im Zug sind, sieht er aufmerksam in die Gesichter um sich. Der Wagen ist überfüllt. Indiofrauen sitzen oder hocken in den vollgepferchten Abteilen mit großen Packen, mit Körben voll Obst, mit allen möglichen Dingen, sogar mit Hühnern.

Miguel sagt: „Es ist der letzte Zug, der noch fährt. Oben in den Bergen sperrt Militär schon alles ab. Es ist gut, daß Nuria in Lima ist.“

Jürgen Braune schaut auf den Stein, der noch in seiner Hand liegt. Er denkt an Grinca, dieses kleine Mädchen, das ihm dieses Kleinod geschenkt hat.

„Grinca“ sagt er. Und er sieht wieder die großen, dunklen ausdrucksvollen Augen vor sich.

„Grinca“ hört er die Räder rattern – es ist der letzte Zug.

Rosemarie Gleiss

Rio de Janeiro

Wenn es Nacht wird am Corcovado,
flammt auf das Lichtermeer von Rio.
Das Leben erwacht
temperamentvoll und schillernd
im Schein bunt flimmernder
Neonreklamen.
Das Leben pulsiert
mit Glanz und Rausch,
mit Freude und Lachen,
Erotik und Sinnlichkeit.

Wenn es Nacht wird am Corcovado,
dröhnt dumpf von den Hügeln herab
das Hämmern der Trommeln
zündend und heiß.
Dunkle Menschen im hellen Gewand
tanzen um Feuer.
Es knistern die Flammen, es stampfen die Füße,
es wirbeln die Rasseln
rhythmisch und grell.

Priesterinnen der Macumba
singen von Yango, Esxu und Yemanis.
Mädchen sinken zu Boden,
sich windend – erfüllt
von himmlischer Pein,
richten sich auf,
nicht mehr sie selbst,
tanzen verzückt
glücklich und frei.

Wenn es Tag wird am Corcovado,
erlöschen in Rio die Lichter.
Der Rausch ist vorbei,
Unrat, fad, auf den Straßen,
den müde Menschen in Bäuche großer Container schütten.

Doch schon steigt auf
geschäftig, laut,
erhaben schön:
Der Tag in Rio.

Wenn der Tag beginnt am Corcovado,
verstummen die Trommeln.
Menschen, noch selig in Trance,
löschen die Feuer
und schreiten langsam
den armseligen Hütten zu,
die wie Waben
kleben am Hang.
Der Alltag beginnt.

Hoch oben auf dem Corcovado
steht groß und segnend
die Christusfigur,
die Arme weit ausgebreitet,
eingetaucht nun
in das strahlende Licht
der aufgehenden Sonne.

Renate Müller-Piper

HANNOVER-BILDER

Oh, mit der Stadt am Hohen Ufer habe ich mich über die Jahre abwartend nur gesiezt! In die niedersächsische Metropole an der Leine war ich, vom Studium in Göttingen an der Leine kommend, eingezogen, um Knaben und Mädchen Wissenswertes zu vermitteln. In Herrenhausen. Auch nach Bücher- und Artikelschreiben stand entschieden mein Sinn. Nach einer rundherum aufregenden Großstadtexistenz überhaupt.

Lange suchte ich eine Unterkunft und teilte mir endlich gesenkten Hauptes eine Mansarde in Schulnähe mit Bruni aus Holzminden an der Weser. Bruni atmete einige entscheidende Monate länger schon Hannover-Luft. Sie rauchte nonchalant ‚auf Lunge', vergeudete ihre Stunden nur im äußersten Fall mit Schlafen und glich dennoch einer blühenden Schönheit von Renoir. Das nun verdankte sie womöglich ihrer praktischen Tätigkeit in den ehedem ‚zum Lustgarten destiniert(en)' Königlichen Gärten Herrenhausens. Lustbetont leistete ich Bruni dort, so der Himmel über Hannover sich allzu tiefem Grau verweigerte, Gesellschaft: lesend, schreibend, Hefte korrigierend. Am Teich im Berggarten oder auch nahe der bemerkenswertesten Gartenfontäne Europas, im Barockgarten, nicht weit vom wohl ältesten noch bespielten Heckentheater der Welt. ‚Jedermann ist erlaubt, sich im Königlichen Garten eine Veränderung zu machen.'

Meine tiefempfundene (autobiografische) Love-Story, damals dort verfaßt, wurde mir von der HAZ zurückgeschickt mit der düster-fatalistischen, gleichwohl zutreffenden Voraussage, ich werde sicherlich mein ganzes Leben lang weiterschreiben, wenn ich glaubte, dies tun zu müssen. Die Liebe allerdings gestatte ich mir seither umsichtigerweise nur noch ironisierend oder in Kurzkrimis zum Sujet zu wählen.

Quartierwechsel! Der mußte geplant werden, weil Helene, in rattengrauen Jersey gewandete Witwe und unsere Mansardenwirtin, anderen Vorstellungen von meinem privaten Glück nachhing als ich selbst. Kein Besuch von meinem Verlobten, einem gewissen in Göttingen noch promovierenden Physiker! Ohne Obdach trieben wir uns folglich unter freiem Himmel herum, erkundeten Hannover gleichermaßen notgedrungen wie neugierig.

Ästhetik und Magie des Bösen zogen uns auf dem nahen Stöckener Friedhof düster in ihren Bann, schleusten womöglich die Neigung zum Krimischreiben in mein Unterbewußtes. Den Opfern Fritz Haarmanns ist dort in Stein namentlich gedacht. Dieser gründliche Massenmörder gab sich am Ende seiner Laufbahn, 1925, schon neuzeitlich medienbewußt: ‚... da werden hinterher die Zeitungen sagen, daß Fritz Haarmann tapfer, mit einem furchtlosen, kolossalen militärischen Mut aufs Schafott gegangen ist.' Auch an feinem Humor mangelte es dem Wackeren nicht: ‚Rutsch, fällt das Messer runter, wutsch, bin ich weg.'

Einmal auf Gruselpfaden, spazierten wir unerschrocken durch den Hanebuthwinkel am Nordrand der Eilenriede. Dieser gemahnt an den ehrenwerten Jasper, Jasper Hanebuth, der 1653 ‚bey dem Galgen auf das Rad gelegt ... ein roher wilder Mensch, daß er 19 Mordthaten und 10 Diebstall begangen'.

Begierig forschten wir alsdann nach einem Königsmarck-Gäßchen. In der Nähe des Leineschlosses? Nein. Es scheint, als verweigere Hannover sich diesmal einem augenfälligen Gedenken. Freilich, es zählt Graf Philipp Christoph Königsmarck fatalerweise nicht zu Tätern von der Qualität Haarmanns oder Hanebuths, ließ vielmehr 1694 als Opfer sein Blut. Und das trivialerweise der romantischen Liebe wegen. Ach.

Helenes Sorge um der Frauen fragilen Ruf verdanke ich viele, viele Maschseeumrundungen (eine Stunde, zehn Minuten) und die Erkundung des Kirchröder Wildparks. ‚Am 23. October 1858 erlegte Seine Königl. Hoheit der Kronprinz Ernst August an dieser Stelle den ersten Dam-Hirsch.' Und wenig entfernt nahm uns immer häufiger der Hermann-Löns-Park auf, wo langhalsige Gänse bis heute unvermindertes Interesse an meinen Waden bekunden. Stets aber rettete ich mich bislang, beschirmt von jenem Physiker, unter die hohen Bäume vor der Alten Mühle, wo mit einer Berliner Weißen so mancher Gänsehaut zu Leibe gerückt werden kann.

Quartierwechsel also! Und adieu, Helene! Mein nächstes Herrenhäuser Heim, ersehnte Einzimmerwohnung der Genossenschaft, prangte nicht mit dem schnöden Luxus eines Badezimmers. Großzügig gestattete mir deshalb meine Kollegin Sandy umfassende Körperpflege in ihrer Wohnung, Im Töge gelegen, sechs Gehminuten nur von Haarmanns und Königsmarcks Wirkungskreis entfernt. Sandy erfreute sich enger Beziehung zum Theater und der, auch überregionalen, Bussi-Bussi-Gesellschaft. Sie rauchte weitaus eleganter, nippte an hochstieligeren Gläsern als Bruni aus Holzminden. In atemberaubenden Pumps auf Stiletto-Absätzen vermochte sie zu schlendern, zu schreiten, ausdauernd zu stehen. Großstadt! Allabendlich, so versicherte sie mir lässig, versinke sie in Kriminalromanen. Absolutes Muß. Aha

Hannover und ich. Bilder fügen sich zu Filmsequenzen. Zeitlupe. Risse. Überblendungen. Kontinuität.

Hannover und ich – inzwischen pendeln wir gekonnt, und süffisant bisweilen, zwischen Duzen und Siezen. Die beglückende Epoche des gänzlich unanfechtbaren Du-Du heben wir uns auf: für das Jahr 2003.

Edeltraut Ricke

Der amerikanische Vetter

Es begann damit, daß der Papa vorsichtig an seinen Neffen erinnerte, unseren amerikanischen Vetter, der als Kind eine Zeitlang in unserem Hause gelebt hatte. Der Mama fiel bei der Erwähnung des Namens „Julius" ein Hoffnungsstrahl in das arme, sich mit zeitgemäßen Kochrezepten schlagende Gehirn. Und auch all die anderen, die sich an Julius erinnerten, waren der Meinung, daß er unweigerlich ein Care-Paket senden würde, wenn Papa ihm persönlich schriebe. Aber wer kannte seine genaue Anschrift?

„Am besten fragst du Henriette", schlug Mama vor. „Henriette ist seine Schwester und deine Nichte. Dir wird sie die Bitte nicht abschlagen."

Papa ging zu Henriette. Sie empfing ihn freundlich, wurde aber zurückhaltender, als sie seinen Wunsch vernahm.

„Ja, Julius hat mir geschrieben. Doch in dem Durcheinander, das bei uns herrscht – du siehst ja, daß wir immer noch mit dem Aufbau unseres bombengeschädigten Häuschens beschäftigt sind –, verlegte ich die Adresse von Onkel Fritz", sagte Henriette. „Schreibe dem Julius ruhig einen Brief und gib ihn mir. Sobald ich Julius' Anschrift wiedergefunden habe, lege ich deine Zeilen meiner Post bei."

Papa glaubte ihr weder das eine noch das andere.

Als er von dem Ergebnis seines Besuches berichtete, war Mama fassungslos. Großzügig und nicht egoistisch, war ihr eine solche Einstellung fremd. Unsere verwandtschaftlichen Gefühle äußerten sich in nicht gerade zärtlichen Bemerkungen. Wenn man zu denjenigen gehört, die zu den Normalverbrauchern zählen, die, ohne schwarz zu kaufen, sich redlich durch die

Zuteilungsperiode hungern müssen, ist ein gelegentlicher Zornesausbruch zu verstehen. Ach, wenn doch ein einziges Mal ein Care-Paket käme.

Wir bemühten uns weiter um Julius' Adresse. Von der übrigen Verwandtschaft kamen dieselben Nachrichten, daß Henriette sich ausschwiege und die Anschrift nicht weitergäbe.

Da fiel wie ein strahlender Stern der Name „Ewald" in unsere Überlegungen. Ewald war als Kind ebenfalls jahrelang bei uns gewesen. Ewald war dem Papa zu Dank verpflichtet. Ewald war ein enger Jugendfreud Julius' und hatte bestimmt schon von ihm ein Paket bekommen. Er mußte die heißersehnte Anschrift haben.

Papa schrieb ihm. Humorvoll, gütig. Mama hätte gern ein massives „dankbar sein" und „ein Sicherinnern an die glücklichen Jahre in unserer Familie" in den Brief eingeflochten.

Drei Wochen warteten wir vergeblich auf Antwort. Dann flatterte ein Schreiben von Ewald ins Haus. Mama, gerührt darüber, daß Ewald endlich geschrieben hatte, stammelte: „Der gute Junge. Er hat unserem Wunsch entsprochen."

Papa nahm ihr den Brief aus den Händen, öffnete ihn und las ihn vor.

„Meine Lieben", schrieb Ewalds Frau, „ja, wir haben die Anschrift von Julius. Aber ich kann sie euch leider nicht mitteilen. Ewald meint, es wäre dem Julius nicht recht und es wäre ihm sicherlich lästig, wenn die ganze Verwandtschaft ihm schriebe. Außerdem haben wir kaum was von Julius bekommen. Dreimal traf ein Paket ein. Es lohnte sich nicht recht. Meistens war nur für unser dreijähriges Töchterchen etwas darin. Zudem ist die Not bei uns viel größer als bei Euch. Hier sterben die Menschen wie die Fliegen. Sie hungern. Meine arme Tante Berta wiegt nur noch hundert Pfund ..."

Papa zerknüllte den Brief. Götz von Berlichingens bekanntester Ausspruch ging ziemlich laut durch das Zimmer. Es war mein Bruder, der seinem Herzen Luft machte. Mamas kummervolles Gesicht wurde zusehends trauriger. „Schade", sagte sie ergeben, „ach, wie schade."

Ich dachte nach und schrieb an Ewald einen Brief. „Innigsten Dank für Eure Zeilen, die gerade an dem Tag eintrafen, als von Julius ein phantastisches Care-Paket eintraf: Kaffee, Schokolade, Strümpfe. Obwohl wir, wie Ihr wißt, ausgebombt sind und zweimal die Anschrift wechseln mußten, hat er uns ausfindig gemacht. Wir brauchten Euch gar nicht zu behelligen. Julius schrieb, wir möchten Euch mitteilen, daß er mitten im Umzug stecke. Gewiß hat er Euch seine neue Adresse schon bekanntgegeben ..."

Fast postwendend kam ein persönlicher Brief von Ewald. Er freue sich sehr, daß Julius auch an uns gedacht habe. Ein Care-Paket sei immerhin eine Bereicherung. „Bevor Euer Brief kam, habe ich Julius einen Tag zuvor noch nach New York – sowieso-Street – geschrieben. Teil uns doch umgehend seine jetzige Adresse mit ..." Da hatten wir mir Hilfe einer kleinen Notlüge die heißersehnte Auskunft.

Edeltraut Ricke

Melancholische Gedanken eines Kaninchens 1947

Wenn Sie morgens zu mir auf die Terrasse treten, gnädige Frau, gilt Ihr erster Gang unseren Ställen. Ich weiß, Sie sind nicht die einzige in dem Villenviertel, die – der Not der Zeit gehorchend – ihre Liebe und Aufmerksamkeit einem Kaninchen schenkt, das ein fetter Braten zu werden verspricht. Wir Karnickel haben einen ungeahnten Aufstieg erlebt. Früher hausten wir in Hütten und waren der Festtagsbraten des von Ihnen mitleidig so genannten „kleinen Mannes". Sie zogen bei dem Wort „Kaninchenbraten" Ihren hübsch geschminkten Mund schief, und Ihr Gatte, der würdige Mann mit den grauen Schläfen, lächelte. Heute haben Sie sich bekehren lassen, daß unser Fleisch schmackhaft ist, und Ihre Buben, die sich in der Schule mit Fremdsprachen und Mathematik quälen, sind zum Kartoffelschalenhamstern ausgebildet.

Vor sechs Wochen ließen Sie den schwarzweißgefleckten Bock schlachten, der der Vater meiner Kinder war, die Sie so preiswert gegen Kohlen eintauschten. Wir sind ein Wertobjekt geworden. Früher zeigten Sie den Freunden und Gästen Ihres Hauses Ihre Büchersammlung, Ihre Gemälde und Ihren Schmuck. Heute geleiten Sie sie zu mir, deuten stolz auf mich und sagen: „Das ist Purzel". Indem Sie niederhocken und mich auf den Arm nehmen, verlieren Sie ein wenig von Ihrer sonst so untadeligen damenhaften Haltung.

Und das alles für ein Kaninchen.

Ob ich mich darüber freuen soll, weiß ich nicht. Ihre Güte rührt mich. Aber ich ahne, welchen Selbstzweck Sie dabei verfolgen.

Erinnern Sie sich noch Ihres ersten Kaninchenbratens? Als Ihre Buben Sie überredeten, ein Stück Fleisch zu versuchen, quoll Ihnen der Bissen im Munde, obwohl Sie Ihre Antipathie nicht recht begründen konnten. Beim zweiten Male allerdings lief Ihnen beim Anblick des langentbehrten Bratens, den Ihre Köchin delikat zubereitet hatte, das Wasser im Munde zusammen, und da beschlossen Sie, sich intensiv der Kaninchenzucht zu widmen. Heute wissen Sie so gut über uns Bescheid wie etwa über die Echtheit eines Gemäldes oder eines kostbaren Ringes. Ihre Buben machten Sie mit der Selbstverständlichkeit altkluger Kinder auf unser Liebesleben aufmerksam. Sie schafften sich einen Bock an. Und dann standen Sie mit der ernsten Miene von Leidtragenden, die nicht wissen, wie sie sich verhalten sollen, vor unseren Käfigen.
Auf die Kinder hatte ich anfangs geschworen. Ihre Liebe und Anhänglickeit rührte mich. Sie spielten mit mir und sie weinten, als der Bock geschlachtet wurde. Dann aber hörte ich in meinem Stall beim sonntäglichen Mahl die protestierenden Stimmen der beiden: „Ich möchte ein größeres Stück Kaninchenbraten!" und die jähe Erkenntnis überfiel mich, daß sie nicht mehr um den verlorenen Freund trauerten. Jetzt rührte mich auch die Anhänglichkeit der Buben nicht mehr. Ich weiß, sie werden weinen, wenn man mich schlachten wird. Jedoch beim Duft des Bratens werden sie alles vergessen haben.
Bleiben Sie mir vom Leib mit Ihrer fürsorglichen Liebe.

Geben Sie mir die Mohrrübe, die Sie in der Hand halten. Ich will Ihnen allen den Gefallen tun und fett werden.

Hein Leo Marhenke

SONNTAGSFRÜHSTÜCK

Das Reihenhaus aus den zwanziger Jahren steht im Vorort einer Kleinstadt. Zum Haus gehören Waschküche, Schuppen und ein Kleingarten nach hinten hinaus.
Ein Wintermorgen Anfang der fünfziger Jahre, es ist Sonntag. Im Schlafzimmer ist es kalt, am liebsten bliebe man im Bett, aber ein körperliches Drängen zwingt zum Aufstehen.

Also raus aus den Federn, provisorisch warm anziehen, Mütze auf und durch die Küche und Waschküche über den Hof zum Häuschen mit Herz. Der runde Holzdeckel, in der Mitte mit einem Knauf versehen, ist etwas angefroren, man reißt ihn los. An einem Drahthaken aufgespießt zugeschnittenes Zeitungspapier. Durch den Türspalt hat der Wind etwas Schnee ins Häuschen geweht. Es gibt kaum Gerüche, weil der Grubeninhalt gefroren ist.

Man beeilt sich, schnell ins Haus zurückzukommen, um Feuer zu machen. Feuer im Küchenherd und Feuer unter dem Waschkessel in der Waschküche, denn heute ist Badetag.

Papier, Holz und Brikett liegen bereit, die Asche kommt in den Ascheimer und bald knistert das Feuer.

Die eiserne Schwengelpumpe befindet sich in der Waschküche und ist mit Stroh und Sackleinen vor Frost geschützt. Nun müssen etliche Eimer Wasser gepumpt und in den Waschkessel gefüllt werden. Die lange Zinkwanne wird aus dem Stall geholt und in die Küche gestellt. Gardinen braucht man nicht zuziehen, denn dicke Eisblumen und fingerdickes Eis an den unteren Rändern der Scheiben machen das Fenster undurchsichtig.

Der Küchenherd erwärmt allmählich den Raum, auf die Herdplatte hat man den Wasserkessel gestellt. Die Frau kommt hinzu und freut sich, daß es schon einigermaßen warm ist.

„Wollen wir erst Kaffee trinken?“ fragt sie.
„Ach nein, laß uns lieber zuerst Baden“!

Aus dem Waschkessel wird nun das warme Wasser geschöpft und in die Zinkwanne gefüllt. Mit dem heißen Wasser aus dem Wasserkessel wird die Temperatur reguliert. Herrlich, im Winter so ein warmes Bad!

Nachdem beide gebadet haben, muß die Wanne mit Eimern ausgeschöpft werden. Dann wird die Wanne mit dem restlichen Badewasser gemeinsam hinausgetragen und ausgekippt.

Die Gemeinde plant, das Kanalisationsnetz zu erweitern, so daß möglicherweise schon im kommenden Jahr ein Ausguß installiert werden kann. Sogar Wasserleitung ist geplant und soll dann später gelegt werden.

Die Frau nimmt die Kaffeemühle und mahlt Kaffee, denn heute gibt es Bohnenkaffee. Der Tisch wird in der Küche gedeckt. Brot, Margarine, Sirup und Frühstücksei werden aufgetischt. Man läßt es sich schmecken. Nach dem Frühstück wird man den gußeisernen Ofen in der Stube anheizen, aber am wärmsten ist es in der Küche. Den Herd verbindet ein langes Ofenrohr über einen Umweg mit dem Schornstein, dadurch wird der Raum schneller warm.

„Bitte hole Milch", sagt die Frau, „ich will einen Topfkuchen backen und Pudding kochen."

Sie hatte die Milch nicht über Nacht in der Küche gelassen, damit sie nicht gefrieren würde, sondern den Milchtopf in die Stube gestellt, das war ihr nicht bekommen, nun war sie sauer.

Man nimmt also Schal, Mantel, Mütze und Handschuhe, bewaffnet sich mit der Emaille-Milchkanne und geht wenige hundert Meter zum Bauer Harms, um Milch zu holen. Der hat ein Aluminium-Litermaß an einem langen Stiel und schöpft damit die Milch aus einer großen Kanne.

Zurückgekehrt macht man Feuer im Stubenofen, während die Frau in der Küche mit der Zubereitung des Sonntagsessens beschäftigt ist. Man schaltet das Rundfunkgerät ein und hört auf der Mittelwelle Rudi Schurikes Caprifischer. Man blättert in der Lesemappe und sinnt darüber nach, wie gut man es doch eigentlich jetzt hat: Seit kurzem ist die zweite Familie aus der Dreizimmerwohnung ausgezogen, so daß man mit seiner Frau schalten und walten kann, wie man will.

Man hat Holz und Kohlen genug, man hat eine eigene Wohnung, man hat satt zu Essen und hat die schweren Zeiten doch wirklich überstanden.

40 Jahre später:

Man hat im Badezimmer geduscht und sitzt nun im wohltemperierten Zimmer beim sonntäglichen Frühstück. Es gibt aufgebackene Baguettes, Toastbrot, Butter, Honig, Konfitüre, Ei und Käse und natürlich duftenden Kaffee.

„Was gibt es denn heute mittag?" fragt man die Frau, „oder wollen wir Essen gehen?"
„Meinetwegen, aber nicht schon wieder chinesisch."
„Laß uns doch zum Landgasthof fahren und einmal so richtig rustikal essen."

Die Frau: „Aber das bekommt meiner Linie nicht, und du solltest auch auf dein Gewicht achten."

„Also dann fahren wir eben zum Restaurant Königshof."
„Da ist es aber doch so sehr teuer."
„Nun, wenn schon", sagt man, „aber dort gibt es wenigstens kleine Portionen!"
Man sinniert: Was man doch heute für Sorgen hat?!

Irmtraud Henze

AUF STERNENBAHNEN

Da kam ein Held
vom Schicksal auserlesen
in den uralten Traum
der Menschheit eingeschmiegt
zum Heimatstern
der tausend Jahr Ersehnte
zu jedem Herzen
das zum Himmel glüht
aus stolzem Blau

Feucht flackern viele Augen
ein Wesen kaum erträumt
steil wölbte sich sein Flug
aus unerhörten Fernen
silberner Planeten
zu unsrem kleinen Ball
nach Sterngebot

Und wir in wilder Lust
und tollem Jauchzen
als hätte unser Herz
den ersten Stern erreicht
im irren Licht
im fernen Sterngewimmel
des Himmelsbaus
und käme selber heim

Es glänzt und glimmt
kein Schmuck auf seiner Stirne
Nicht Kronjuwelen
Er gab uns Bericht –
Und manche wollten
Bilder von ihm knipsen
Mit ihm im Sucher
fanden sie die Kraft
zum Knopfdruck nicht

Mächtiger Zauber
lag darüber
er den Königen
der Welt nicht glich
JURI GAGARIN
jeden faszinierend
Mit großen Gladiolen
hat er uns gewinkt
auch zum Balkone

Wir erstrahlten
wie ein Herz an Herz
und Aug in Aug
magisch erglühend
Kronjuwelen
des Ersten
dem der Erde Stern erblaut

Irmtraud Henze

DER GANG DER DINGE

ist es daß sie fließen
denn eine große Kraft
drängt hin ins Ungelebte
Der Wandlung in der Zeit
ist nicht zu widerstehen
Wir reifen für den
nächsten Schritt und jeder
findet in sich
was ihm schon vorbehalten
Die Zeit kennt nur
die eine Richtung VORWÄRTS.
Weil wir in ihr nur
vorwärts fließen können
sollten wir auch
in diese Richtung schauen
Geheimnisvolle Kraft
drängt hin ins Ungelebte
wir müssen dieser
mächtigen Macht vertrauen

Irmtraud Henze

MAGISCHE MACHT

Der Ruf der Vielen
ist anfangs nur Flüstern
und heimliches Flehen,
Wunsch, Bitte, Gebet.
Jedoch der Wünschenden
wachsende Zahl
setzt Kräfte des Willens
in Bewegung,
die dem Ersehnten
zur Form verhelfen.
Visionen dünken uns
dann jene Wünsche.

Magische Mächte
sind die Gedanken.
Jeder Gedanke Realität.

Ilona Peiss-Engelbart

Mio padre

Wie es dazu gekommen ist, daß ich schon 1957, im zarten Alter von 14 Jahren, nach Italien eingeladen wurde, erfuhr ich erst 30 Jahre später.

Vater und Mutter, die damals zu den ersten Italienreisenden gehört hatten, überraschten mich: „Onkel Michele und Tante Lucia haben dich für diesen Sommer eingeladen!" Ich konnte mir nicht vorstellen, was mich dort erwarten würde.

Noch wenige Tage vor meiner Abreise erreichte uns ein Brief aus Marina die Pietrasanta. „Liebste Margret und Walter", schrieb Michele, „in diesem Moment empfange ich Euren lieben Brief und beeile mich, Euch zu sagen, welche Freude ich über die Ankunft der geliebten Ilona bei uns empfinde. Was Eure Besorgnis angeht, versichere ich Euch, Eure Ilona wird stets Ziel unserer höchsten Sorge und Aufsicht sein. Daher wiederhole ich, schickt sie mit heiterem Herzen ..."

Nach diesen Worten machte Signor Manzoni, der bei uns um die Ecke eine Eisdiele betrieb, eine Pause. Er schlürfte ein Schlückchen Vino und lächelte mich an. Ich kam mir sehr wichtig vor ... Bei Signore ließ Vater alle Briefe übersetzen, die uns aus Italien erreichten. Niemals verzichtete ich darauf, ihn zu begleiten. Während „mio padre" einen Cappuccino trank, schleckte ich genußvoll ein Schokoladeneis. Fasziniert hing mein Blick an Herrn Manzonis Oberlippe, die von einem winzigen schwarzen Schnäuzer begrenzt wurde. Ein zweiter Schnäuzer, eine Idee größer als der andere, wiederholte sich an Stelle seiner Augenbrauen und ein ausladender dritter krönte sein Haupt. Vaters belustigter Blick streifte mich flüchtig, wandte sich aber sofort wieder dem von mir angehimmelten Eismann zu. Ganz konzentriert wirkte der, während die Worte bedächtig aus seinem Mund flossen: „Ich rate Euch nochmal, ganz ruhig zu sein". Signore zog angestrengt seinen zweiten Bart zusammen und suchte, ins Nichts blickend, nach passenderen Worten: „Ich rate nochmals ... Euch keine Sorgen zu machen ... In großer Vorfreude, Eure geliebte Tochter ans Herz drücken zu können, liebster Walter und liebe Margret, grüße ich Euch herzlich."

Unter dem ersten Bärtchen wurde erneut das Weinglas angesetzt. Nachdem der Dreibärtige seine Lippen mit dem Handrücken getrocknet hatte, dolmetschte er weiter: „Damit wir die kleine Ilona schnell erkennen, könntet

Ihr bitte an ihrem Kleidchen einen roten Gegenstand, vielleicht ein Taschentuch oder eine Blume, befestigen ..." Mit diesen Worten faltete Signore den Brief sorgsam wieder zusammen und gab ihn Vater, der sich herzlich bei ihm bedankte.

Mit reichlich Proviant und guten Ratschlägen versehen, wurde ich wenig später in den Italien-Express verfrachtet. Nach nicht enden wollender Fahrt fand ich mich schließlich auf dem Bahnhof Genova-Principe wieder. Eben noch in dickem Menschengetümmel ... dann unversehens mutterseelenallein. Hilflos. Das kleine rote Tuch, mein Erkennungszeichen, in der rechten Hand zusammengeknüllt. Unsichtbar gemacht. Verschämt unter dem Koffergriff versteckt. Während der ganzen Fahrt hatte ich mir eingebildet, alle Mitreisenden starrten auf mein Erkennungsmerkmal, das Mutter mir mit einer kleinen Nadel an den Ausschnitt meines Kleides gesteckt hatte. Mit zögernden Schritten verließ ich den Bahnsteig über eine große Treppe, die in die Bahnhofshalle führte.

„Are you Ilona from Germany?" Eine sehr vornehme Dame hatte mir behutsam die Frage gestellt. Ich nickte schüchtern. Das englische „Yes" wollte mir nicht über die Lippen kommen.
„Where is the red handkerchief?"
Ich stellte den Koffer ab. Verstohlen öffnete ich meine rechte Hand. Erbrachte den Beweis: Ich war es wirklich! Sie lachte. Nahm mich in ihre Arme. Den jungen Mann im Hintergrund stellte sie mir als ihren Sohn Enrico vor. Galant nahm er mir mein Gepäck ab. Wies den Weg zu einem roten Sportwagen, dessen Anblick mir den Atem verschlug. In rasantem Tempo ging es über die Autobahn Richtung Pisa. Auf halber Strecke, in Portofino, legten wir eine Pause ein. Ein so feines Lokal hatte ich mein Lebtag noch nicht betreten. Was ich zu mir nehmen möchte, fragte sie. Benommen von den fremden Eindrücken, der Hitze und der ungewohnten Eleganz stammelte ich: „May I have a little water?"

Schnell gewöhnte ich mich an die luxuriöse Umgebung, die vorübergehend mein Zuhause wurde. Ich residierte in einem eigens für mich hergerichteten Studio. Bewegte mich in einem Badezimmer aus Marmor, das so groß war, wie unsere gute Stube daheim. Nachdem ich das erste mal darin gebadet hatte, säuberte ich es gewissenhaft. Ganz so, wie Mutter es mir mit auf den Weg gegeben hatte. Dafür sei das Personal zuständig, gab Mama Lucia mir hinterher diskret zu verstehen. Ich war völlig verwirrt. Jeden Wunsch lasen sie mir von den Augen ab. Mir wurden Speisen kredenzt und Getränke serviert, von denen ich nie zuvor etwas gehört hatte.

Damit ich mich in Begleitung einer sympathischen Gleichaltrigen befinden sollte – so drückten sie es aus –, luden sie Signorina Marcelle Mellont aus Salerno ein. „Der Abwechslung wegen“ und weil sie mir viel „O sole mio“ und „bella Italia“ bieten wollten, reiste ich mit Marcella, die wie meine Gasteltern sehr vornehm war, nach Salerno. Ein beige-farben livrierter Fahrer im offenen amerikanischen Straßenkreuzer gleichen Farbtons chauffierte uns die traumhafte Küstenstraße entlang. Scheute einen Abstecher nach Rom nicht: „There ist the Tiber-River …“. Dann nur noch sanfte Hügel, schroffe Felsen, grüne Zypressen, lila Bougainvilleen. In nie gesehenm Blau wetteifernd: das Meer und der Himmel. Meine hier geborene Liebe zu Italien hat mich bis heute nicht verlassen.

Obwohl mich auch die salernische Familie mit südlicher Gastfreundschaft überschüttete, bekam ich heftiges Heimweh. Nein, nicht etwa nach Hause, nach Deutschland, Nein, nach Mama Lucia in Marina di Pietrasanta. Ich weinte ins telefono. Sie vermißte mich auch. Erlöste mich umgehend aus meinem Kummer: Ich sollte zurückkomen! Noch am selben Abend setzte ich mich in den Nachtzug nach Pisa.

Es folgten herrliche Wochen bei meinen generösen Gasteltern. Enrico, der verwöhnte, wurde beauftragt, sich hin und wieder meiner anzunehmen. Dauernd war er auf der Jagd nach den schönsten Mädchen seines Reviers. Wie einen kleinen Bauerntrampel muß er mich an seiner Seite empfunden haben … „Please, take your best chlothes. This afternoon we meet very fine boys und girls“, bat er mich inständig. „My best“ war mein Konfirmationskleid. Nachtschwarz und keineswegs dem letzten italienischen Modeschrei entsprechend. Entnervt blickte der elegant Gekleidete auf die weißen Tapser, die ich bei jedem Schritt mit meinen frisch gekalkten Leinenschuhen hinterließ. Guiletta, der Blumenkönigin von Viareggio, wollte er an diesem Tag sein Herz zu Füßen legen. Wohl oder übel machte er mich mit ihr bekannt.

„You must change your costum“, sagte sie charmant, mit Blick auf meinen vom Wasser des Mittelmeeres triefenden, kratzigen, blauen Wollbadeanzug. Ich gab zu verstehen, daß ich nichts zum „changen“ hätte. Großzügig lud sie mich in ihre Umkleidekabine ein, in der unzählige Badeanzüge, Bikinis und Einteiler in allen Formen und Farben zur Auswahl hingen. Ich bediente mich ungeniert. Dann mußte ich mich schon wieder zwischen diversen bunten Drinks entscheiden. Es war ein aufregendes Leben in einer mir fremden Welt. Aber, es hat mir gefallen, sehr sogar.

In den nächsten Wochen sonnte ich mich am weißen Strand von Marina di Pietrasanta. Besuchte mit Mama Lucia ihre Tochter in Lucca, wo wir zu dritt fröhlich auf der mächtigen Stadtmauer flanierten und die prächtige Altstadt bestaunten. Mit dem Auto kutschierte Lucia mich nach Pisa. Wir bestiegen den berühmten schiefen Turm und schauten wie gebannt auf das Baptisterium un den Dom. An einer Bronzetür des Domes schlug sie mir vor, den Kopf einer Heiligenfigur zu berühren, wodurch meine Wiederkehr an diesen Ort gewährleistet sein sollte.

An einem kühlen, verregneten Nachmittag im April 1995 sitzen zwei Frauen beisammen. Die eine hat ihren 80. Geburtstag vor sich, die andere ihren 50. vor zwei Jahren gefeiert. Mutter und Tochter. Mutter kramt in alten Fotos. Ihr geht es heute nicht so gut. Sie trägt schwer daran, in diesen Tagen immer wieder von der Schuld der Deutschen zu hören, denen der Massenmord an den Juden und Verbrechen an anderen Völkern in Erinnerung gerufen werden. „Befreit oder besiegt?“ist die alles beherrschende Frage dieser Tage. Gerade wurde der Befreiung des Konzentrationslagers Bergen-Belsen vor 50 Jahren gedacht. Die Bilder davon im Fernsehen haben Mutter ganz niedergedrückt. Die Tochter war zwei Jahre alt, als der Krieg am 8. Mai 1945 zu Ende ging. Sie gehört zu denjenigen, die niemals – weder durch Elternhaus noch durch Schule – über die politische Vergangenheit ihrer Väter aufgeklärt worden sind.

Erst 1960, als der ehemalige Leiter des Judenreferats im Reichssicherheitshauptamt, Adolf Eichmann, wegen der Endlösung der Judenfrage öffentlich vor einem israelischen Gericht angeklagt, verurteilt und dann hingerichtet wird, nimmt sie das Unglaubliche entsetzt zur Kenntnis. Als eine amerikanische Fernsehserie über den Holocaust gesendet wird, hat sie große Mühe zu glauben, daß die dargestellten Geschehnisse wahrgewesen sein sollen. Wie betäubt und ganz für sich allein versucht sie, sich einen Weg durch das Dickicht der zugänglichen Informationen zu bahnen. Erlaubt sich aber auch wieder Abstand von dem Unfaßbaren.

Jahre später liest sie alles, was ihr in die Hände kommt. Nimmt an Seminaren zum „Thema“ teil. Sie informiert sich über die Vorgeschichte und den Beginn des Grauens, die Schrecken des Kriefes, die Not der Besiegten, die Politik der Alliierten. Lernt etwas über das Entstehen der neuen Verfassung, sieht Filme, bekommt die Begriffe Morgenthau- und Marshall-Plan erklärt. Jalta, Potsdam, Oder-Neiße-Linie … Sie wird immer neugieriger auf den Teil der Geschichte, den man ihr so lange vorenthalten hat. Vater ist inzwischen verstorben. Ihn kann sie nichts mehr fragen. Mutter beginnt zögernd über ihr persönliches Leid im Krieg zu reden.

Eines Tages erzählt Mutter die Geschichte aus Italien. Ganz lakonisch, als spüre sie, daß Vaters gute Tat kaum ins Gewicht fällt, bei all dem Leid, das der Krieg auch in Italien angerichtet hat.

Vater war mit seiner Kompanie in die Nähe von Rom verschlagen worden. Trotz aller Kriegswirren hatte er mit der – ebenfalls in diese Region geflüchteten – Familie Bianci freundschaftliche Bande knüpfen können. Italienische Partisanen bekämpften zu diesem Zeitpunkt aus dem Hinterhalt die in ihr Land eindringenden Feinde, wobei es bei den „deutschen Kameraden" Tote gegeben hatte. Ein brutaler Vergeltungschlag von deutscher Seite ließ nicht auf sich warten, stand unmittelbar bevor. Alle männlichen Bewohner des Dorfes, so lautete der Befehl, hatten sich zu einem bestimmten Zeitpunkt auf dem Dorfplatz einzufinden. Sie sollten dort liquidiert werden.

Vater, so hatte er Mutter später erzählt, war das Herz stehengeblieben bei dem Gedanken, daß der liebenswürdigen Lucia und ihren drei Kindern der Ehemann und Vater genommen werden sollte. Unter Lebensgefahr machte er sich von seinem Standort auf den Weg, um Biancis vor dem Bevorstehenden zu warnen. Zu Tode erschrocken entschloß sich Michele zur Flucht und – überlebte.

Und so lange er lebte, brachten er und Lucia meinem Vater, aber auch Mutter, tiefe Dankbarkeit entgegen,. „Ja", schloß Mutter ihren knappen Bericht, „das haben die beiden Papa nie vergessen."

Und an diesem verregneten Nachmittag im April 1995 kramt sie entschlossen in ihrer Fotokiste, bis sie das Gesuchte endlich gefunden hat. Ein Foto von dem Ehepaar Bianci. Strahlend, offensichtlich sehr glücklich miteinander, posieren sie in sommerlicher Kleidung vor ihrem Alfa Romeo. Sie lassen sich von Vater, der sie, so oft er konnte, in Marina di Pietrasanta besuchte, fotografieren.

Wortlos, mit einem traurigen Lächeln, schenkt Mutter mir das Foto.

Zu Hause lege ich es zu dem einzigen Bild, das ich von meinem ersten Italienurlaub besitze. Es zeigt mich in meinem kratzigen blauen Wollbadeanzug an Marcellas Seite am Strand von Salerno …

Deddine Swyter

Soldaten sterben anders

Sie war überhaupt ganz anders. Gleich, als ich sie das erste Mal sah, wußte ich, daß sie anders war.

Ich stand in dem schmalen Spalt der Aulatür, meine Rechte umklammerte die hohe Klinke, während sich die Linke so tief wie möglich in der Jackentasche vergrub. Es war ein kalter Wintermorgen.

Der Schnee hing mir noch an den Stiefeln und unter der Kapuze, die ich eben erst heruntergeschlagen hatte, war ein Wuschelkopf zum Vorschein gekommen. Dabei hatte ich mir doch gerade an diesem Morgen so viel Mühe mit dem Frisieren gegeben. Immer wieder hatte ich mich vor den Spiegel gestellt und den Scheitel von neuem korrigiert. Was sollen denn die Lehrer von dir denken, hatte Vater gesagt, wenn du schon am ersten Tag mit einem schiefen Scheitel in die Schule kommst. Aber an meine Frisur dachte ich jetzt nicht.

Ich sah sie zu mir herüberblicken, und da nahm ich die Hand aus der Tasche. Mir wurde plötzlich sehr warm, und ich merkte, daß ich einen roten Kopf bekam. All die fremden Kinder sahen mich an. Ich war zu spät gekommen.

Aber es war doch nicht meine Schuld gewesen, daß über Nacht so unerwartet viel Schnee gefallen war, und die Landstraßen zu so früher Morgenstunde zum Teil noch blockiert waren. Für die Stadtkinder war es einfach, pünktlich zu sein. Hier gab es keine Schneewehen, in denen die Autos steckenblieben. Hier waren die Straßen geräumt und sogar mit Sand bestreut.

Nein, es war nicht recht, daß mich alle so vorwurfsvoll ansahen. Sieh' dir die an, die kommt zu spät. An einem so wichtigen Tag wie heute, da kommt sie einfach zu spät. Stadtkinder! Was wußten sie von Schneewehen auf einsamen, dunklen Landstraßen.

Vor allem hatte sie sehr strenge Augen. Das war besonders auffallend. Ihr ganzes Gesicht schien nur aus diesen kleinen, scharfen und so sehr strengen Augen zu bestehen. Guten Morgen, flüsterte ich. Aber niemand hörte es. Ich hatte die Tür hinter mir geschlossen, und meine Hände nestelten hilfesuchend an der Kleidung, bis sie die Schulterriemen des Ranzens fanden. Das gab mir Halt. Es war ein riesiger Raum, und er war voll von Köpfen, ein Meer von Kinderköpfen. Ich kannte sie nicht. Mir war sehr heiß.

Eine Hand lenkte mich schließlich zu einem freien Platz am Ende einer Stuhlreihe, und dankbar tauchte ich in das Meer unter. Ich blickte zu meiner Nachbarin und versuchte zu lächeln. Aber sie bemerkte mich kaum. Ihre Augen waren nach vorn auf das Podium gerichtet, dort, wo die kleine weißhaarige Frau stand, die mir sagte, ich solle mich konzentrieren und zuhören, was der Herr Direktor uns zu erzählen habe.

Ja, das wollte ich tun. Aber sie sprach doch gar nicht zu mir; sie sprach zu allen. Sie beherrschte das Meer.

Die Worte des Direktors kamen zu mir herüber, aber ich fing sie nicht. Ich sah auf den hageren, blassen Mann, dort vorne am Rednerpult. Ich sah auf seinen dunklen Anzug, und ich spürte einen Hauch von Feierlichkeit.

Die Welt, aus der ich kam, war fern. Zwanzig Kilometer Landstraße trennten das kleine Dorf von dieser Stadt, zwanzig Kilometer dunkle Landstraße, voller Schneewehen und tiefer Reifenspuren.

Ich versuchte von neuem, mich auf den dunklen Anzug zu konzentrieren. Er schien zu weit. Glatt und formlos hing er herunter, und doch wirkte er feierlich.

Da erst sah ich die Augen des Direktors. Ich sah sie und konnte sie nicht begreifen. Sie standen wie Fremdkörper in seinem Gesicht, Fremdkörper in diesem Raum.

Ja, es waren die Augen, die dem zu weiten Anzug die Feierlichkeit verliehen. Ich fühlte mich verloren unter diesen Augen, und hätte ich nicht im selben Moment jene leise Andeutung eines Lächelns auf seinem Mund erkannt, ich hätte den Tränen freien Lauf gelassen. Aber das Lächeln war da. Es löste sich von den fernen Augen und der strengen Feierlichkeit des weiten Anzuges und überwältigte das Gefühl des Verlorenseins.

Erst als das Klavier zu spielen begann, bemerkte ich, daß der Direktor seine Rede beendet hatte. Das Meer wogte, und aus hundert Kinderhälsen erklang: Lobet den Herrn. Draußen wurde es heller Tag.

Es kamen andere Tage, Tage erfüllt von neuen Erlebnissen einer neuen Welt. Und der Abstand wurde größer. Immer ferner rückte die Vergangenheit, in die jene kleine einklassige Dorfschule gehörte.

Ein roter Backsteinbau. Der schwarze Zinner auf dem Hof knirschte unter den Schuhsohlen. Die hohe, schwere Holztür fiel krachend ins Schloß, wenn man sich nicht mit aller Kraft dagegenlehnte. Der Raum war eng und dunkel, und vor den hohen Fenstern tanzten die Zweige der Eschen. Die Bänke waren aus rohem Holz mit tiefen Rillen, durch die man die Finger gleiten lassen konnte oder die man mit Tinte ausfüllte, Namen und allerlei Figuren in ihnen verewigend. Wir saßen dicht an dicht in den Reihen, und wir kannten uns alle.

Die große Wandtafel war einmal schwarz gewesen und das Quietschen der Kreide gehörte in diesen Raum, wie das Sausen des Windes in dem alten Ofenrohr in der Ecke. In dem schmalen Gang zwischen den Bankreihen ging Herr Bertholt auf und ab, der gelbe Rohrstock in seiner Hand ständig wippend. Herr Bertholt war unser Lehrer.

Die neue Schule ähnelte jener Dorfschule in keiner Weise. Es war ein gewaltiger Komplex. Alles war neu und hell, und jede Klasse hatte ihren eigenen Raum. Die Fenster waren groß, und sie zeigten die Dächer der Stadt. Man saß auf Stühlen und zu je zweien an einem Tisch, deren Platte spiegelglatt lackiert war und nicht eine Rille, geschweige denn einen Namen zeigte. Die Wandtafel war dunkelgrün, und außerdem konnte man sie zuzsammenklappen. Sie hatte keine Kratzer. Es gab eine Zentralheizung, die selbst diejenigen erwärmte, die an der anderen Seite des Raumes saßen. Und für jedes Fach gab es einen neuen Lehrer. Lauter fremde Gesichter.

Die kleine weißhaarige Frau sah ich nur noch selten. Sie unterrichtete bei den Älteren. Von Zeit zu Zeit zeigte sie sich auf dem Hof, während der großen Pause, wo sie mit dem Direktor auf und ab schritt. Sie hielt die Hände auf dem Rücken verschränkt, und manchmal blickte sie zu dem Direktor auf und nickte. Ihr Gesicht blieb ernst und verschlossen. Dann wanderten ihre Augen über den Hof, und da war nichts, das ihr entging.

Guten Morgen, Frau Studienrätin, guten Morgen, Herr Direktor, und man rannte weiter, froh, daß man das hinter sich gebracht hatte. Ich liebte sie nicht, die Frau Studienrätin. Ich habe nie einen Lehrer geliebt. Manche verehrte ich, viele achtete ich und einige fürchtete ich. Aber diese kleine Frau mit den so strengen Augen, sie paßte nicht in solche Kategorien. Sie war fremd und fern. Auch der Direktor war fern. Aber da war das Lächeln auf seinem Mund, unter der diese Entfernung zusammenbrach, und das jene Kälte in seinen Augen überwand.

Er stand auf der obersten Stufe der breiten Steintreppe, aufrecht, ein hagerer, aufrechter Mann, und sein Blick streifte über die heranströmenden Kinder, bis in die äußersten Hofecken; und schweifte über sie hinaus.

An jedem Morgen, wenn die Glocke das Ende der großen Pause angekündigt hatte, stand er dort oben, die eine Hand auf dem Geländer, die andere an der Hosennaht, stand dort, nicht wie ein Direktor, sondern wie ein einsamer Soldat, in dessen Augen jede Kampfeslust und Siegesgewißheit erloschen war. Ich verehrte ihn. – Ja, ich glaube, ich habe ihn auch schon damals verehrt, bevor das geschah, was ihn in den Augen der anderen zum Märtyrer machte.

Ich verehrte ihn, weil er jenes Lächeln auf seinem Mund trug, das größer war als die Kälte in seinen Augen, und weil er, wenn er dort oben auf der Treppe stand, nicht ein Direktor war, sondern ein zerschlagener Soldat, dem niemand seine Würde nehmen konnte.

Und dann kam der Tag, an dem sein Platz an der Treppe leer blieb. Der Herr Direktor ist verreist. Sie wirkte fremder und ferner denn je, an jenem Morgen, und die Strenge in ihrem Gesicht schien erstarrt. Die weißen Haare zitterten.

Der Platz blieb leer, Wochen vergingen. Wochen des Wartens auf etwas Unfaßbares. Niemand sprach es aus. Das Schweigen der Erwachsenen und das Zittern der weißen Haare brachten eine Welt ins Wanken.

Er hat es getan, sagten die einen, und er ist unschuldig, sagten die anderen. Vater sagte, das war doch vor dem Krieg und Nazis gab es so viele. Außerdem war er doch unser Direktor.

Und dann, eines Morgens, stand er wieder da, auf der obersten Stufe der breiten Steintreppe, ein hagerer Mann in einem zu weiten Anzug.

Ich suchte nach dem Lächeln auf seinem Mund; ich suchte nach dem Gesicht, in dem die Ferne zusammenbrach; ich suchte nach dem Soldaten, der den Krieg verabscheute.

Ich sah einen hageren Mann in einem viel zu weiten Anzug. – Mir fror.

Als ich dann an jenem Morgen, wenige Tage später, in die Schule kam, war es geschehen. Es war etwas so Schreckliches, daß es niemand auszusprechen wagte. Und doch waren die Worte in jedermanns Mund. Ein Flüstern. Nein, man durfte so etwas Entsetzliches nicht aussprechen.

Ich rannte zum anderen Endes des Flures, dort, wo der Klassenraum meiner Schwester lag, ich rannte und versuchte, nicht zu rennen; hast du es gehört, ich flüsterte, ja, sie hatte es gehört. Alle hatten es gehört. Das Flüstern war überall.

Der Herr Direktor hatte sich erhängt.

Sah ich das Bild vor meinen Augen, ein solch grausames Bild?

Sah ich den müden, alten Mann an einem Seil hängen, in einem dunklen Bodenraum, ein steifer, kalter Körper, die Hosen schlaff herabhängend, ein gelbes Gesicht, so schmal, und tot? Starb so ein Soldat?

Langsam ging ich zurück, ging über den Flur durch die Schule, die keinen Direktor mehr hatte.

Da sah ich die kleine weißhaarige Frau mir entgegenkommen. Das Flüstern wich zurück in die Klassenräume. Ich nahm die Hand aus der Tasche und ging aufrecht, das Guten-Morgen-Frau-Studienrätin schon auf der Zunge. Aber ich sagte es nicht.

Denn als sie näherkam, sah ich, daß sie weinte. Ich sah die Frau Studienrätin weinen. Ihre Haare waren grau. Sie kam den Flur entlang, langsam und leer, ihre Augen waren rot und geschwollen, ihr strenges steinernes Gesicht aufgeweicht, gebrochen durch Schmerz, so kam sie den Flur entlang, kam und sah mich nicht, sah niemanden, ging fort, und weinte.

Gustav Lüder

Der politische Einzelgänger

Daß Politik nicht das redlichste Geschäft ist, war dem Hähnchen schon früh bewußt geworden. Es stellte sich also beizeiten auf diese Erkenntnis ein. Als es zu einem stattlichen Hahn herangewachsen war, passierte es eines Tages, daß anläßlich einer Wahlversammlung eine große Hackerei ausbrach. „Ihr dummen Bourgeoisie-Hähne laßt euch vom Großkapital ins Feuer schikken!" krähten die Linken.

„Ihr dummen Sozi-Hähne laßt euch von euren Funktionären das Paradies auf Erden vorgaukeln!" krähten die Bürgerlichen.

Unser kluger Hahn gehörte keiner Partei an, und er beobachtete die politische Szene par Distanz. Seine Sympathien genossen zeitweise die Linken und zeitweise die Rechten. Er verkörperte mit seinen schwankenden politischen Ansichten sozusagen den Pendler zwischen den Fronten. Und als das Gehacke immer grausamer wurde und unser Hahn sich verdrücken wollte, schließlich hatte er nach außen hin mit keiner der politischen Gruppierungen etwas gemeinsam, geriet er tatsächlich zwischen die Fronten der streitenden Hähne. Man richtete ihn fürchterlich zu.

Um eine Erkenntnis war der geschundene Hahn reicher geworden:
als politischer Einzelgänger lebt man gefährlich.
Bereits am nächsten Tag trat er, bekehrt, beiden großen Parteien bei.

Traumfiguren

Als der alte Fuchs am Morgen erwachte, kam ihm der Gedanke, es müsse eine feine Sache sein, wenn er in eine hohe Position aufrücken könnte, in eine Position, wie sie sein Nachbar, Gevatter Rabe, innhatte.

Während ich elender Kerl darüber nachsinne, woher ich für diesen Tag mein Fressen bekomme, dachte der alte Fuchs, bewegen den Gevatter gewiß ganz andere Gedanken, denn er hat immer satt zu essen, er ist reich, er ist gebildet, und er gehört zur Gesellschaft. Muß das ein Gefühl sein zu wissen, daß man bedeutend ist, daß zu einem aufgesehen, daß man beachtet wird. Aber ich habe Angst, ein großes Tier zu sein, gestand er sich ein, ich gehörte zu den Erdenkriechern, wie der Gefatter sagt ... da beißt keine Maus den Faden ab. Ich habe nicht das Zeug, in der ersten Reihe zu stehen.

„Hör auf damit, alter Junge", murmelte er sich in den Bart, „bleib wer du bist, bete und arbeite, und die Obrigkeit läßt dich in Frieden leben ...".

Der alte Fuchs legte sich noch einmal auf die andere Seite, und er träumte, unterdessen draußen die Sonne aufging, von Kaiser Wilhelm, der in prächtiger Admiralsuniform vor ihm salutierte, von Josef Goebbels, dessen Mienenspiel ihn amüsierte, von Winston Churchill, an dessen Zigarre er sich die Pfoten verbrannte, von einem neuen Bundeskanzler, den er haßte, und von Gevatter Rabe, der – und darüber mußte er noch tagelang im stillen lachen – den Schnabel hielt und allen Traumfiguren die Schuhe beziehungsweise die Stiefel putzte mit einem Tuch aus rotem Samt.

Der Großhals

„Sagen Sie, mir ist aus zuverlässiger Quelle zu Ohren gekommen, der Vogel Strauß will seine Ämter niederlegen, weil man ihm vorwirft, sein großer Hals benachteilige sowohl seine politischen Freunde als auch seine politischen Gegner ..."

„Wer hat Ihnen den Bären aufgebunden?" fragte der Rabe. „Die Natur hat ihn mit dieser Stärke ausgestattet, und folglich kann er sie auch einsetzen im Kampf um die Macht ... das ist doch natürlich."

„Klingt plausibel", sagte der alte Fuchs, „große Vögel haben große Hälse ...".

Mauerdialog

Ich kann mir nicht helfen, meinte der alte Fuchs und schärfte genüßlich seine Krallen an dem Sandsteinfundament, „wenn ich auf eine Mauer zulaufe und überhaupt Mauern sehe, bekomme ich Angst."
„Ganz natürliche Sache, mein Lieber", krächzte der Rabe von oben herab, während er auf der weißgetünchten Mauer hin und her stolzierte. „Dein Instinkt sagt dir, eine Mauer bedeutet Gefahr. Mauern engen den Lebensraum niederer Wesen ein."
„Ich ein niederes Wesen", protestierte der alte Fuchs und drohte seinem Gesprächspartner mit der Pfote.
„Aber, aber, warum gleich beleidigt? Du bist in meinen Augen ein niederes Wesen, und Mauern werden doch nicht für unsereins gebaut, sondern für euch, die ihr den Boden unter den Füßen nicht missen könnt. Bedenke das, alter Fuchs".

Unerhört, diese Überheblichkeit, dachte der alte Fuchs. Mit der Schlauheit unserer Füchse ist es auch nicht mehr weit her, dachte der Rabe.
„Guten Abend", sagte der alte Fuchs.
„Guten Abend", erwiderte der Rabe.
Es dämmerte bereits.

Gläubige und Atheisten

„Glaubst Du, daß es einen lieben Gott gibt?" wollte das Hähnchen von der Henne mit dem lahmen Flügel wissen.
„Mich darfst du nicht fragen, ich gehöre zu den Atheisten", erwiderte die Henne und humpelte weiter.
„Was hälst Du vom lieben Gott", fragte daraufhin das Hähnchen die alte Glucke, welche dem linken Flügel ihrer Partei angehörte. „Ich glaube an den Herrgott, und du solltest es auch tun, Grünschnabel".

Als nun der große Braune sich ins Gespräch einmischte und darauf hinwies, daß es frevelhaft sei, den Herrgott in Frage zu stellen, meinte das Hähnchen: „Denk nicht, daß ich ein Atheist bin, Chef. Ich habe nur Zweifel wegen der Auswahl, daß heißt, ob ich an den lieben Gott der Sozialisten-Glucke oder zum Beispiel an deinen glauben soll."

Zum Kuckuck …

„Zum Kuckuck nochmal", fuhr der alte Fuchs einen Nachbarn an, der auf dem Weidezaun über ihm hockte und anscheinend darauf aus war, Streit vom Zaune zu brechen.

„Was heißt hier zum Kuckuck", sagte der Rabe, „schließlich ist er auch einer von uns und somit ein ehrenwertes Mitglied der Gesellschaft. Zügeln Sie ihre spitze Zunge, mein Lieber."
„Ehrenwertes Mitglied der Gesellschaft, daß ich nicht lache, ein Spitzbube ist er", wetterte der alte Fuchs. „Und damit sie es wissen, wenn ich diesen Schreihals zu fassen kriege, drehe ich ihm das Genick um."
Der Rabe, wütend, warf den Kopf zurück und bemerkte schnippisch: „Sie sind und bleiben ein Prolet."
„O.K.", sagte der alte Fuchs, „lieber Prolet als Kuckuck."

Ein bösartiger Ochse kam auf die Kontrahenten zugelaufen, und sie beendeten ihren Streit notgedrungen.

Gustav Lüder

DIE ZEIT

Zeit,
wir zerren, reißen
an dem Netz,
dem weitgespannten,
gewahren die Tragmasten
am Fuße,
glauben,
auch die Spitzen
zu erkennen
eines schönen Tages,
strampeln weiter
in den engen Maschen
gefangen
gnadenlos.

Gustav Lüder

Eine weiße Wolke

Eine weiße Wolke
trägt meine Träume fort,
meine weiße Wolke
scheint der sich're Hort
auf dem Weg zum Frieden,
zur Gerechtigkeit
hin
über Stacheldraht
und Grenzen
um den Erdenball.
Kein Radarschirm
nimmt sie wahr,
meine weiße Wolke,
keiner Rakete Ziel
ist meine weiße Wolke.
Und so spannt sie denn
den Traum vom Frieden,
von der Gerechtigkeit
um unseren Erdenball.

Gustav Lüder

Erntezeit

Erntezeit, Schwalbenflug,
weiße Winde am
Gartenzaun.
Lüfte filtern
süße Schwere,
spätes Licht
dämmert sakral.
Vor geduckten Häusern
kauern die Alten auf
ausgesessenen Bänken,
starren scheinbar ins
Nichts,
warten auf den Tod.
Reife lastet still.

Herbst

Steine lesen,
an das Alter denken,
vergilbte Blätter aufspießen,
sich den Kranichen
hingezogen fühlen, aber
dem Wind die Stirn bieten,
mag es sinnlos erscheinen.

Barbara Macherius

Bestehender Rest

Ins Los gestellt

sterbensnah
teilst Du mein Nacktsein
die Ohnmacht

den winzigen Rest
der nicht aufgibt

lebensnah
Menschsein
schmerzlich

ins Los gestellt

winzig
ein Rest
am Anfang.

Barbara Macherius

Etwas geht
etwas geht vor in dir
aus dir heraus

aus dir heraus
entspringt
deine Quelle

Sie rieselt ein Rinnsal
fließt einen Strom
strömt
strömt

zum Meer

Du blickst
aus dem Bogenfenster
zum Horizont hin

unsicher

kehrst du zurück
zum Licht einer Kerze
im Haus.

Und bist geborgen
solange sie brennt …

erlischt sie
fällt dich die Angst an

zwingt dich das Draußen

geschäftig beschäftigt
durchlärmt es dich
bindet es dich
an einen Pfahl.

Und du stehst
zwischen Vielen
und trägst dein Kreuz

nirgendwohin.

Barbara Macherius

Manchmal

Manchmal
läßt du mich ein

Du öffnest Schleusen
und Haar,
und ich kann dich sehen.

Und stehst da
mit zahllosen Bildern
hinter der Stirn,
mit Messern im Großhirn
und Narben
unter den Achseln.

In der Brust
summen blasse Träume
das Lacrimosa.
Sie tragen
brennende Kerzen
in deine heiligen Hallen.

Manchmal
läßt du mich ein.

Dann knie ich
in weißem Mohn

Ich öffne Schleusen
und Haar,
und du kannst mich sehen.

Manchmal
laß ich dich ein.

Barbara Macherius

Zerjagt
treibst du fort

von dir
von mir
von dir vor allem.

Allstündlich verbeißt sich
ein eiserner Wachhund
in deine Hand
in Hirn und Mund

entlohnt sie
verteilt sie

auf Tischen
auf Straßen
in Abläufen
treiben sie fort

von dir
von mir
von dir vor allem.

Barbara Macherius

Windspur

Blättertreiben
dein Mund
eine Windspur

erdnah
und flüchtig
ein Himmel

Wolkenwechsel und Blau
nirgendwohin

irgendwohin
eine Windspur

immer
und wieder
weht sie mir nach.

Barbara Macherius

Steptänzer

am Rand
von Straßen
auf denen wir gehen

tanzt er
zu dünner Musik

mit pochenden Sohlen
spricht er

mit Füßen
die trommeln
ermüden und stolpern

auf Fugen und Stein
vertanzt er die Angst

tanzt er
vertanzt

am Rand
von Straßen
auf denen wir gehen.

Barbara Macherius

Wort-fall

das Wort fällt
der Dollar steigt

die Inschriften
herausgeschlagen
aus dem Stein

die Straßenschilder
gewechselt

und weiter fortgeschritten
in Mitten
das goldene Vlies

das Wort fällt
der Dollar steigt

ein Januskopf
schneidet
Gesichter.

Erika Suhr

GROSSTADT

Hitze
Rolltreppengewälz
Haut an Haut mit Unbekannt
Nase saugt Schweißgeruch
vorbeihetzen an
Schaufensterpuppen
manchmal verweilen
Kaufrauschgefühl
über Bettler stolpern
im Park barfuß
auf Rasen laufen
bis zur Rotbuche
und wieder zurück
eintauchen in der
Wolkenkratzerschlucht
hinauffahren bis zum 36. Stock
und vom Himmel träumen

Hilde König

PSYCHO-THERAPIE

Ich konnte mich noch nie so richtig leiden,
nur so gelegentlich fand ich mich gut.
Doch der Umgang mit mir war nicht zu vermeiden
und ich zollte ihm täglich von neuem Tribut.

Mich störte als Kind schon mein vorlautes Wesen –
zwar nicht so direkt, doch in der Kritik.
In ihren Gesichtern war stets zu lesen,
ich war weder Eltern- noch Lehrerglück.

Erwachsen dann, fand man mich hypersensibel
und meine Gesellschaft nur wenig erbaulich.
Ich sei streitbar und nähme beständig nur übel
und sei überhaupt nur sehr schwer „verdaulich“

Und da ich doch allseits geliebt wollte sein
und um zu ergründen mein mißlich Geschick,
ließ ich auf die Analyse mich ein.
Man soll es ja lernen können, das „Glück“.

Also wurde in zahlreichen Sitzungsrunden
entwirrt mein verknotetes Seelengekröse
und – höchst psychostressig – herausgefunden,
an allem war schuld nur meine Genese.

Meine Gene sind schuld, daß zu klein ich geraten.
Wie Napoleon hätte ich darum Komplexe;
Meine „Streitsucht“ und dessen „Heldentaten“
seien nur Kompensations-Reflexe.

Um den Mangel an Selbstwertgefühl zu beheben,
brauchte Napoleon Schlachten und Siege;
gegen „Umweltschlachten“ in meinem Leben
sei gut, wenn ich drei bis vier Kinder kriege.

Dann hätte ich das, was ich eigentliche wolle:
Geliebt sein und eine „Führungsrolle“
das würde mein Dasein viel froher gestalten …
Ich zöge es vor, den Komplex zu behalten.

Die Mehrfach-Mutterschaft als „Therapie“
wollt’ ich nun doch nicht ausprobieren,
denn schließlich wär“ sie – wenn nur Theorie
im nachhinein nicht mehr zu korrigieren.

Nun bleibt mein Leben weiter (siehe oben) –
was neuerdings jedoch mich kaum noch irritiert.
Ich muß den Seelen-Doktor wirklich loben,
sein R a t allein hat mich schon halb kuriert.

Der Wunsch, geliebt zu sein, ist mir geblieben,
doch hat er sich erheblich reduziert.
Ich kann mich selbst zwar immer noch nicht lieben,
doch hab„ ich mich zumindest akzeptiert.

Ich kann darum nur jedermann empfehlen –
bevor es chronisch wird und noch viel schlimmer –
laßt therapieren Eure angeknacksten Seelen,
ein bißchen profitiert man dabei immer.

Ingrid Haase

ZEITRAFFER

Habe
die Zeit
eingesammelt

von vorgestern
die Blütenblätter
er liebt mich
er liebt mich nicht
er liebt mich

Von gestern
die Abschiedsküsse
der Kinder

Von heute
Leere
in allen
Räumen

LEBENSKARUSSELL

Zuerst
setzte
man mich
ins
Kinderkarussell

dann
stieg ich
ins
Luftschiff

Nun
balanciere ich
auf
einem Balken

Zu
beiden
Seiten
Leere

Horst Jacobi

Der Einfänger

Sie war ihm schon am Tag zuvor aufgefallen, und nun drückte sie sich bereits wieder seit Stunden hier herum. Jetzt hockte sie auf der Bordsteinkante und stierte auf die Straße vor sich. Mit der Hand wischte sie sich über die Augen. Hatte sie geweint?

Ihre Blicke hatten sich schon ein paar Mal gekreuzt. Als er sie schließlich ansprach, richteten sich ihre Augen erwartungsvoll zu ihm auf. „Hi, Punky-Maus, guckst ja so down. Was is'n los?" hatte er gesagt, ganz locker. Da glitt sogar ein schüchternes Lächeln über ihr bedrücktes Gesicht. Er hockte sich neben sie, ein paar Worte wurden gewechselt, und rasch wurden sie vertrauter.

„Punky" hatte er sie wegen ihres grüngefärbten Haarbüschels vorn links genannt, das ihr ständig in der Stirn bis über die Augen hing. Er solle doch dabei bleiben, sie fände es ganz lustig, hatte sie gemeint, als er sie nach ihrem Namen gefragt hatte.

Punky war das richtige Mädchen für ihn. Sie war hübsch, ihr Gesicht zart und rein und wirkte trotz aller Traurigkeit frisch, unverbraucht, unbelastet. Ihre Arme – von der kurzärmeligen Jeansbluse fast gänzlich freigelassen – waren makellos, wiesen keine Einstiche oder sonstige Fixermerkmale auf. Dieses Mädchen war nicht drogensüchtig, dafür hatte er inzwischen einen guten Blick bekommen. Seine Zigaretten hatte sie abgelehnt; sie rauche nicht, hatte sie gesagt. Haschkonsum konnte er also auch ausschließen. Punky war genau das Mädchen, was er brauchte.

Sie war mit ihm in seine Wohnung gegangen, die er mit einer legeren Unordnung passend zu seinem Erscheinungsbild als Endzwanziger präsentierte. Sie redete nicht viel, sah sich interessiert in dem kleinen Wohnzimmer um und ließ sich geduldig alles von ihm zeigen und erklären, seine Bücher, Schallplatten, CDs und Videos.

Er bot ihr eine Cola an, sie nickte freundlich und dankbar.

Es klappte alles bestens. Er begab sich in die Küche, kehrte nach einer Weile mit einer Colaflasche und Glas zurück. Er hatte so seine Erfahrungen gemacht bei den letzten Malen. Neulich diese dunkelblonde Helga zum Beispiel, die hatte doch glatt gefragt, ob er ihr ein Schlafmittel in das Getränk gemischt habe, als er ihr das Glas in die Hand drückte. Seitdem tat er das Betäubungsmittel zunächst in die Flasche, schenkte daraus erst im Beisein des Mädchens ins Glas. Das war halt unverdächtiger. Er nahm auch nie mehr eine von den bekannten Cola- oder Fruchtsaftsorten, sondern stets unbekannte Billigmarken. Damit konnte er getrost den etwas bittersüßen Beigeschmack begründen, der durch das Betäubungsmittel bei den Getränken nicht ganz zu vermeiden war, Durch Sabine, diesem kleinen Engel mit dem weichen, langen, blonden Haar, hatte er diese Erfahrung gemacht.

Er reichte Punky das Glas und füllte es ihr fast randvoll. Lange hielt sie es in der Hand, bevor sie ein wenig daran nippte. Ein richtiges Gespräch aber wollte nicht mehr aufkommen, nur plattes Wortgeplänkel. Punky mochte nicht so richtig aus sich herauskommen. Die anderen Mädchen, die er aus der Umgebung des Szenentreffs „Bornumer Brücke“ weggeholt hatte, wo sie sich wie Punky herumdrückten, die hatten alle freier geredet. Die hatten sich ausgeschüttet, warum sie abgehauen waren oder aussteigen wollten. hatten ihre Probleme und Verzweiflungen oft ohne Hemmungen vorgebracht.

Die Spannung in ihm wuchs. Er wartete, daß Punky endlich mehr trank, doch sie nippte nur. Man sah kaum, ob aus dem Glas überhaupt schon etwas heraus war.

Schweigend starrte das Mädchen plötzlich auf einen Punkt neben dem Fernsehgerät: „Hey, sehe ich richtig? Liegt da unter der Obstschale etwa ein Stapel Kunstmagazine? Kannst du mir ein paar davon rausziehen?“ „Na klar.“ Er stand auf, um ihr den Gefallen zu tun, räumte die Obstschale und die oberen Exemplare beiseite und griff ein paar von den Kunstheften. Als er sich herumdrehte, bekam er garade noch mit, wie Punky das Cola-Glas vom Mund absetzte. Es war bis auf ein paar Tropfen fast leer. Sie wischte sich mit dem Handdrücken über die Lippen. Zufrieden lächelte er sie an und hielt ihr die Magazine entgegen.

Jetzt mußte es eigentlich ziemlich schnell gehen. Er beobachtete sie, wie sie in den Heften blätterte, störte sie aber nicht bei der Lektüre, sondern konzentrierte sich auf ihr Gesicht. Sie begann, immer häufiger mit den Augen zu plinkern.

„Was ist los mit dir?“ sprach er sie an.
Für ein, zwei Sekunden legte sie die Hand an die Stirn. „Irgendwie ist mir etwas schwummerig.“
„Du sieht plötzlich sehr müde aus. Leg dich etwas hin. Mach dich ruhig hier

auf dem Sofa lang." Er nahm ihr das Heft ab und war ihr beim Hinlegen behilflich.
„Ich glaube ... ich glaube ..." sie stammelte, die Augen bereits geschlossen, „ich glaube, jetzt bin ich ganz k.o." Sie neigte das Gesicht zur Seite zur Sofalehne hin.

Sanft fuhr er ihr durch das Haar und strich über ihre Wange. „Du wirst jetzt tief und lange schlafen, Punky, liebe kleine Punky." Seine Stimme war warm und ruhig.

Langsam erhob er sich, ging auf Zehenspitzen zum Telefon neben der Tür. Er wählte Armand an. „Ich habe was ganz Süßes, Schnuckeliges. Zwar nicht blond, sondern schwarzhaarig, kostet aber trotzdem tausend." Mit leise summender Stimme machte er sein Angebot, hörte, was Armand zu antworten hatte, und schloß das Gespräch ab: „Okay, bis gleich."

Nachdem er einen letzten Blick auf das ruhig atmend schlafende Mädchen geworfen hatte, verließ er das Wohnzimmer und ging in die Küche, um die Spritze vorzubereiten. Für 36 Stunden würde sie Punky in tiefe, komaartige Bewußtlosigkeit versetzen. Früher hatte er nur für 30 Stunden dosiert, aber da hatte dann Armand seine Erfahrungen gemacht und eine Erhöhung der Dosis verlangt. Zusammen mit einer Erwachungsphase hatte der Franzose dann mit etwa 38 Stunden ausreichend Zeit, die Mädels von Hannover bis Nizza auf das Schiff zu transportieren. Er legte die fertige Spritze auf die Spüle, ging in das Schlafzimmer und zog die alte Wäschekiste aus Korbgeflecht heraus, stellte sie im Flur neben der Wohnungstür ab. Nicht sehr bequem, dort hineingestopft eine lange Zeit zuzubringen, aber Punky würde ja nichts merken.

Den kleinen Schredder, den konnte er auch gleich noch hinter dem Werkzeugschrank hervorholen, um ihre Papiere, wenn sie überhaupt welche bei sich führte, zu vernichten. Vielleicht hatte sie in ihrem Stoffbeutel noch Dinge, die man ebenfalls durch die Zerkleinerungsmaschine verschwinden lassen sollte.

Armand mußte jetzt gleich hier sein, deshalb sollte Punky ihre Injektion nun verabreicht bekommen. Auch wenn es unsinnig war, schlich er auf Zehenspitzen zurück ins Wohnzimmer. Sein Ruhe und Befriedigung ausstrahlendes Gesicht wandte sich zum Sofa hin, um sofort zu lähmendem Entsetzen zu erstarren. Punky war fort.

„Punky!" Es war ein Rufen im Flüsterton, was er ausstieß, mehr ein Reflex als gezielt gesprochen. Und da stieß hinter dem linken Ohr etwas Hartes an seinen Kopf. Zugleich wurde seine rechte Hand von dem nicht besonders kräftigen Schlag einer zarten Mädchenhand getroffen, der aber genügte, daß er die Spritze zu Boden fallen ließ.

„Jetzt nimmst du ganz ruhig deine Hände hoch! Ansonsten wage bitte nicht die geringste Bewegung. Ich habe den Finger am Abzug.“ Hell und weich klang Punkys Stimme und fuhr fort: „In meiner Hosentasche habe ich einen Ausweis, den du dir nachher noch etwas genauer ansehen kannst. Da steht drauf: Möck-Lynding, Roxane Melanie, Kriminaloberkommissarin. So, jetzt weißt du, wer ich bin. Ich nehme dich fest wegen Menschenhandels in mindestens neuen Fällen.“

Um sein rechtes Handgelenk schloß sich eine Handschelle. Widerstandslos ließ er sich die Linke auf dem Rücken danebenketten. Währenddessen erläuterte sie: „Ich habe das Zischen in der Küche vorhin sehr wohl gehört, als du die Colaflasche geöffnet hast, um das Schlafmittel einzufüllen.“ Sie wies auf den Gummibaum hin: „Der schläft jetzt, weil er nämlich meine Cola bekommen hat, als du mir die Kunsthefte heraussortiert hast.“

Das Läuten an der Wohnungstür kündigte Armands Eintreffen an. Damit ihr bereits festgenommener Gastgeber sich nicht zu einem Warnruf an den Franzosen hinreißen ließ, hielt ihm Roxane die Spritze, die sie eilig aufgehoben hatte, in bedrohlicher Nähe an den Hals, denn ihre Pistole brauchte sie nun, um Armand damit zu empfangen. Hoffentlich beeilten sich die unmittelbar zuvor herbeitelefonierten Kollegen, die an der Straßenecke im Wagen auf ihr Signal gewartet hatte. Es war doch etwas umständlich, die beiden Männer über längere Zeit so in Schach zu halten.

Will Knoke

Die Vorgänge im März 1982 in Hannover

Hannover, Kurt-Schwitters-Platz. Ein kühl konzipierter, gut überschaubarer Glas-und-Beton-Komplex – das Museum für Kunst, das Kunstmuseum.

Ein Donnerstag wie viele Donnerstage. Früher Nachmittag, kaum Besucher. Mehr Aufsichtspersonal, mehr Gäste? Die Frage soll offenbleiben.

Ein zäher Tag. Die Angestellten zählten die Fliegen, die es nicht gab, musterten, es war ihre Pflicht, die wenigen Besucher. Bilder und Objekte kannten sie eh auswendig. Gewiß, es gab Picassos, da würde man immer rätseln, die seltsamen Kopfgestalten von Antes, Noldes Aquarelle, Edvard Munch.

„Die Spitzenprozession" von Paul Delvaux dagegen war im Frühjahr nur wenigen bekannt. Behrens, Aufsichtsführender im Erdgeschoß, hatte das Werk einmal länger betrachtet. Ein einprägsames Bild. Neun Frauen in weißer Spitze, auf prachtvoller Straße voranschreitend, die Straße ansonsten leer. Eine zehnte Frau, diese unbekleidet, kommt übers Feld gelaufen.

An diesem Donnerstagnachmittag schaute Behrens durchs Fenster. Draußen war Regen. Umgang mit der Kunst als Dauerjob. Soll man einen Kunstmuseumswächter beneiden?

15.20 Uhr. Durch die automatische Glastür kam der Taubenblaue. So nannten ihn ja die Gazetten später. Er stellte den Schirm ordentlich in den Ständer an der gegenüberliegenden Wand. Der Mann trug einen (tauben)-blauen Zweireiher, auffällig gelbe Schuhe und war Ende Vierzig. Er ging gleich durch zur Sammlung „Zeitgenössische Kunst", die sich im Erdgeschoß befindet.

Behrens betrachtete ihn nicht sonderlich. Eine übermäßige Musterung von Besuchern hatte zu unterbleiben. Man war vor allem für Auskünfte da. Die Direktion erwartete Menschenkenntnis, spätestens beim zweiten Hinsehen sollte der Gast gruppiert sein oder man war ungeeignet. Es gab die Kategorie der Gutbürgerlichen, Nichtauffälligen, und es gab die andere Kategorie, jene – es waren sehr wenige – die man schwer einschätzt und bei denen alles möglich ist. Mit ihnen, nur mit ihnen, empfahl sich eine stille Weiterbeschäftigung. Diebstähle waren auch kaum eingetreten bislang, jedenfalls nicht solche spektakulären Charakters. Ein Haus mit diesen Schätzen muß jedoch auf alles gefaßt sein, und die Aufsichtsführenden hatten ein wachsames Auge.

Zwanzig Minuten später. (In der Zeitung stand 30 Minuten, das ist nicht exakt). Aufsichtsführender Behrens steht vor dem Herrn im taubenblauen Zweireiher. Er fragt erregt nach einem Mann mit bunter Mütze. Der sei nicht mehr da – plötzlich, aber, wie die Kolleginnen sagten, auch nicht aus dem Haus. Der Taubenblaue meint, er habe ihn noch vor kurzem bei der „Großen Sitzenden" gesehen, Behrens stürzt hin, findet aber niemand vor.

Die Angestellten denken an die ihnen anvertrauten Kunstwerke, wollen sich vergewissern, laufen in alle Räume, heute wird ja mit allen Tricks gearbeitet.

Dann der bekannte Schrei aus dem Untergeschoß –

Man findet – Sie wissen es – Behrens vor der „Spitzenprozession", er zeigt auf das Bild –

Auch das weitere ist bekannt. Auf der Triumphstraße, schon hinter dem ersten Bogen, ging ein Mann. Er ging schnell und mit langen Schritten, wobei er sich mehrmals umdrehte und zurücksah! Mit der Entfernung wurde er kleiner. Schließlich verschwand er ganz.

Besucher und Aufsichtspersonal blickten sich an. Was hatten sie da mitangesehen?

Soweit der Donnerstag. Jener berühmte Donnerstag, da alles anfing. Gut, Sie kennen das aus der Tagespresse, ich bringe es, wenn Sie gestatten, noch mal im Zusammenhang –

Am Freitag also scharfes Verhör. Sie fragen nach jeder Einzelheit. Der Verschwundene ist kein Unbekannter, stellt sich heraus! Und noch etwas fällt jetzt auf. Bereits mehrmals sind straffällige Typen, sogenannte Registrierte, vom Ortsbild verschwunden, ohne – und das ist das unerhörte – ohne daß man anderswo von ihnen gehört hätte! Normalerweise tauchen solche Personen ja wieder auf, manchmal früher, manchmal später. Der Verdacht, sie noch in der Stadt zu haben, verstärkte sich jetzt. Ja, im Nachhinein ergaben sich merkwürdige Parallelen. Hatten sich alle auf ähnliche Weise verabschiedet? Alle mit dem gleichen Trick der Gerechtigkeit entzogen?

Die Behörden waren nun häufig Gast im Museum am Kurt-Schwitters-Platz. Das Bild „Die Spitzenprozession" von Paul Delvaux sowie weitere verdächtige Bilder – etwa „Die Straße im Dämmern" von Lyonel Feininger

Paul Delvaux, Die Spitzenprozession, 1936
(Le cortège en dentelles) Öl auf Leinwand, 115 x 158 cm

– wurden durchgehend observiert, die gesamte Besuchszeit über. Vor dem Gebäude war eine Wache postiert; die Streife lief die ganze Nacht.

Nichts außergewöhnliches oder doch fast nichts. Einmal – und das beschwört er – sah einer der Wächter auf dem Bild „Dorfplatz in Engelsburg" – und zwar auf der Straße, die aus dem Hintergrund heraufsteigt – eine menschliche Gestalt sich vorbewegen. Die Gestalt war schon fast auf der Höhe der Passantengruppe (im Vordergrund), als die Aufsichtsperson, eine Neueinstellung und ganz einfach eine Fehlbesetzung, die Arme hochriß und schrie! Die Person auf dem Bild blieb stehen und blickte in den Raum hinein …

Dann machte sie kehrt und lief den Weg zurück, wurde kleiner, verschwand.

Sonst wurde nichts beobachtet. Man analysierte das Vorkommnis – das Bild ist übrigens von Munch – soweit das nach dem Bericht des Angestellten möglich war.

Der redete ständig von gelben Schuhen, knallgelben Schuhen, er war offensichtlich hart mitgenommen. Die beobachtete Person, soviel steht jedoch fest, war nicht identisch mit der nun schon berühmten ersten, deren Verschwinden so viele beigewohnt hatten.

Eine Zeitlang wurde erwogen, auch das wissen Sie, den „Dorfplatz" und die „Spitzenprozession" aus dem Verkehr zu ziehen und ein paar andere dazu. Aber da hätte man gleich alle Bilder entfernen können. Auch den Gedanken, die Kunstwerke mit Stahlnetzen zu bewehren, ließ man fallen. Man hätte alle Bilder in sämtlichen Sälen vergittern müssen und erwartete wenig Verständnis seitens der Bevölkerung. Auch ein festungsmäßiger Ausbau, zu dem sich das Gebäude übrigens hervorragend geeignet hätte – große Investitionen waren da gar nicht nötig – hätte wohl wenig Anhänger gefunden ...

Nein, daß sich die Lichtscheuen ausgerechnet der Kunst bedienen könnten bei ihrem Bestreben, den rechtmäßigen Organen zu entgegen, ihnen ein Schnippchen zu schlagen – darauf war man nicht gefaßt gewesen.

Und die Bewohner dieser Stadt? Hatten etwa sie Verständnis für diese Ausgeflippten? Das wohl nicht. Wenn auch diese Typen einiges von Kunst zu verstehen schienen, wie ihr erstaunlicher Umgang mit ihr zeigte. Aber Ganoven sind Ganoven, Verständnis war da nicht am Platze.

Dies ist – und damit komme ich zum Schluß – die Situation, wie sie sich heute darstellt:

Aus Nordrhein-Westfalen, aus Süddeutschland reisen Interessenten an! Sie kommen per Schiene und per Straße. Die kunstfreundliche Atmosphäre dieser Stadt, bundesweit bekanntgeworden durch die Aufstellung der „Nanas" von Niki de Saint-Phalle am Hohen Ufer, ganz besonders aber und neu die erregende Luft des Museums und seiner Umgebung – das zieht die Menschen einfach an! Die Geschehnisse am Kurt-Schwitters-Platz sind ein Ereignis ersten Ranges auf der bundesdeutschen Szene. Wo sonst wäre es möglich, via Kunst aus dem Hier und Jetzt einfach auszusteigen und im Land der Nichterreichbaren, Nichtbetroffenen zu leben?

Versuche andernorts sind gescheitert. Wohl hat man in letzter Zeit des öfteren in Bochum und zuletzt auch in Köln Personen gesehen – einmal übrigens auch in München –, die in öffentlichen Museen vor bestimmten Bildern lange, allzu lange verweilten. Man sah es irrlichtern in ihren Augen, doch alle Mühe war am Ende vergeblich.

Ob Museen oder Galerien: diejenigen, die hineingingen, kamen stets auch wieder heraus. Der Genius Loci Hannovers, das können wir sagen, ist einmalig und unverwechselbar.

Paul Maetschke

Aufbruch nach Ost

Durch einen dumpfen Knall aus der Küche wurde Renate Bitter aufgeschreckt. Gleich darauf schrie ihr Mann „Halsabschneider sind das! Alles Halsabschneider!“ Und wieder knallte er mit der Faust auf den Küchentisch. Renatc Bitter saß gerade gemütlich vor dem Fernseher und sah sich eine Game-Show an. Was die Leute dort alles nach Hause schleppten. Könnte sie auch gut gebrauchen. Die Wohnungseinrichtung der Bitters war nur halbfertig, ein schönes Büfett und eine neue Sitzgarnitur waren ihr Traum.

Rolf Bitter stürmte ins Wohnzimmer mit einem Zettel in der Hand und hielt ihn „Die wollen glatte achttausend Mark für die Umschuldung haben. Als Bearbeitungsgebühr! Stell dir das vor: Achttausend Mark dafür, daß sie ein paar Formulare ausfüllen.“

Renate nahm den Kopf beiseite und sah weiter auf den Bildschirm. Es war ihr von vornherein klar gewesen, eine Umschuldung funktioniert nicht so einfach, wie es gemeinhin angepriesen wird. Es sollte ja auch nur ein Versuch gewesen sein, von den hohen Ratenzahlungen ein wenig herunterzukommen. „Woher sollen wir denn achttausend Mark nehmen. Uns gibt doch keiner mehr Kredit.“

Sie regte sich über so etwas nicht mehr auf. Sie nahm es als Schicksal hin. Das Glück machte um ihr verschuldetes Haus einen Bogen. Aber ihr Mann lamentierte weiter, und sie wollte in Ruhe die Game-Show sehen.

„Als ich vor zwei Jahren zur Bank ging, ja da haben die mir fast die Schuhe abgeleckt. Bitte schön, Herr Bitter, kein Problem, Herr Bitter, das kriegen wir alles hin, Herr Bitter. Aber kaum sitzt man in der Patsche, da lassen die einen hängen. Ich kam mir vor wie der letzte Dreck, als ich um die Umschuldung gebeten habe.“

Entnervt ließ er sich in den abgeschabten Sessel fallen und stierte in den Bildschirm. Eine dicke Frau hatte soeben einen Videorecorder gewonnen; auch so etwas fehlte im Haushalt der Bitters.

„Ich geh noch auf ein Bier rüber in die Klause.“
Sie sagte nichts dazu, obgleich es ihr nicht recht war. Vermutlich ließ er auch dort schon anschreiben. Wohin das noch führen sollte? Sie lag schon im Bett, als er zurückkam. Vermutlich würde er sich gleich hinlegen und einschlafen.

Sie wußte, daß es besser war, ihn nicht daran zu hindern, vor allem, wenn er was getrunken hatte. Mit einem Rülpser ließ er sich neben sie in die Matratze fallen. Sie roch das unverdaute Bier. Wenigstens hatte er sich jetzt beruhigt. „Hast du den zweiten Brief auch gelesen?" fragte sie ins Dunkel. „Nein, war da noch einer?"
Sie hätte nicht gefragt, wenn er nicht von einer Behörde gekommen wäre. Auf dem Absender stand irgendein Amt, das bedeutete stets nichts Gutes.
„Hast Du irgendwann falsch geparkt?" fragte sie.
„Das fehlte noch. Wenn die mir auch Geld abknöpfen, sprenge ich alle Ämter in die Luft. Soweit bin ich mittlerweile in diesem Land. Warum können die einen nicht in Ruhe lassen? Ich will nur meinen Job machen und ein bißchen was vom Leben haben. Warum gönnt mir das keiner!" Sie sagte nicht Gute Nacht. Sie war schon eingeschlafen. Dieses Selbstmitleid ging sogar ihr auf die Nerven.

„Renate, wir sind reich!" Er schrie durchs ganze Haus. Sie war gerade im Bad und föhnte sich die Haare. Sie mußte wieder zum Frisör, die grauen Strähnen kamen wieder durch. Das kostete allerdings auch wieder mindestens einen Fünfziger.
„Wo bist du, wir sind reich!!!" Er trommelte gegen die Badezimmertür. Sie waren schon Jahre verheiratet, aber sie schloß noch immer das Bad ab, wenn sie drin war. Hier wollte sie ungestört sein.
„Mach auf, und lies dir das durch!!" jubelte er. Sie zog sich den Morgenmantel über und schloß die Tür auf. „Hier schau dir das an. Wir haben ein Grundstück im Osten bekommen – wiederbekommen."
„Wieso, wir hatten doch gar keins dort gehabt."
Er rollte mit den Augen.
„Natürlich nicht, das hat der Staat da drüben irgendwann einkassiert. Aber jetzt gehört es wieder uns." Sie sah zweifelnd auf den Zettel, den er ständig vor ihr hin und her wedelte.
„Es gehörte meinem Bruder. Erinnerst du dich nicht an Rudi, meinen Bruder?"
„Dem wir immer die Pakete geschickt haben mit deinen abgetragenen Sachen?"
Er winkte ab, als hätte er die Bemerkung nicht gehört. „Genau der. Du hast ihn nie kennengelernt, aber ich hatte tatsächlich einen jüngeren Bruder im Osten. Er hatte keine Kinder und war auch nicht verheiratet. Das Grundsück ging nach seinem Tod an den Staat und jetzt kriegen wir, die Erben, es wieder. Wie findest du das?"

Sie antwortete nichts darauf. Es waren in den letzten Jahren schon zuviele Hoffnungen und Wünsche zerplatzt. Sie hatte gedacht, daß sie in dem neuen Haus glücklich werden könnten. Aber die Freude über die schöne Wohnung und die Hoffnung, daß sich alles finden würde, wich der Angst, die nächste Rate nicht bezahlen zu können. Rolf hatte in der Zeit zweimal seinen Job verloren. Er konnte einfach seinen Mund nicht halten, auch nicht bei Kleinigkeiten. Die Chefs reagierten knallhart gegenüber aufsässigen Unterstellten. So schlug er sich mit Gelegenheitsjobs durch. Führte Transporte für dubiose Firmen aus, arbeitete zeitweilig als Kurier, wenn einer von dort krank war, oder ließ sich als Türsteher irgendwelcher Lokale von Betrunkenen anpöbeln; jedenfalls sagte er das. Auch sie selbst ertappte sich gelegentlich bei dem Gedanken, ihn einfach aus ihrem Leben rauszuschmeißen, aber Schulden schmieden eine Ehe zusammen.

Sie nahm den Bogen und sah ihn mißtrauisch an. So auf einmal wurde man nicht reich. An den Onkel aus Amerika, der ein Vermögen hinterläßt, glaubte sie nicht. Und hier handelte es sich zudem um einen Verwandten aus dem Osten; Reichtum war von dort nicht zu erwarten Aber es schien zu stimmen.

Amt zur Regelung offener Vermögensfragen. Das Eigentum an dem Grundbesitz, Flur 4, Flurstück 181/45, Großer Weg 56 von 230 Quadratmetern, eingetragen im Grundbuch von Klapphausen, früherer Eigentümer: Arbeiter Rudi Bitter wird an Herrn Rolf Bitter – Als Alleineigentümer – übertragen
Sie treten zugleich mit der Rückübernahme in alle in bezug auf den Vermögenswert bestehenden Rechtsverhältnisse ein. Sobald dieser Bescheid unanfechtbar geworden ist, wird die Berichtigung des Grundbuches von Amts wegen veranlaßt werden.

„Wo liegt denn Klapphausen überhaupt?“ fragte sie verwundert. „Bei Berlin, in der Nähe von Dresden.“
„Und wer sagt dir, daß es sich dabei nicht um eine Sumpfwiese von 230 Quadratmetern Größe handelt?“
Rolf grinste übers ganze Gesicht. „Weil mein Bruder, dem ich immer meine alten Hosen geschickt habe, ein cleverer Bursche war. Es ist ein Mietshaus mitten in Klapphausen. Versteht du, es liegt mitten in der Stadt. Sozusagen ein Filetstück.“
Das klang nunmehr auch für ihre Ohren nicht schlecht, obgleich sie es immer noch nicht recht glauben wollte.

„Ich muß da unbedingt hinfahren,“ sagte er mit leuchtenden Augen. Aber sie verlor nicht den Sinn für die Realität. „Wir sind momentan überhaupt nicht

bei Kasse. Sogar der Dispokredit ist total ausgereizt. Du mußt noch vierzehn Tage warten, dann haben wir wieder etwas Geld. Die Fahrkarte kostet bestimmt über zweihundert Mark und dann brauchen wir eine Unterkunft dort. Das kostet alles Geld."
Resigniert stöhnte er. Sie hatte recht. Sie waren diesen Monat wirklich knapp dran. „Aber", und seine Augen begannen wieder zu funkeln, „vielleicht gibt uns die Bank einen Kleinkredit auf dieses Schreiben?"

Eine Woche später schlenderten sie übermütig durch die Fußgängerzone. Er schwenkte eine große Papiertasche. Seit der Hochzeit hatte er sich nie wieder einen Anzug gekauft. Jetzt gehörte ihm ein Zweireiher vom Feinsten. Es war schön, nicht auf den Preis gucken zu müssen. Lediglich bei der Krawatte hatte er Bedenken gehabt, aber Renate wollte unbedingt diese und keine andere. Dafür hätte er sich glatt ein halbes Dutzend Hemden im Discounter kaufen können. Aber zu so einem Anzug paßte eben keine Krawatte vom Sonderposten. Und schließlich hatte Renate, nachdem sie furchtbar gedrängelt hatte, ihre neue Couchgarnitur bekommen. „Kaum hat man was vorzuweisen, sind die Banken scheißfreundlich und rücken Geld raus", prahlte er.
„Trotzdem haben sie sich kleinlich gehabt. Zehntausend war ihnen dein Ostgrundstück nicht wert", maulte sie. „Vorerst! Wenn wir erst im Grundbuch stehen, werden sie uns ganz anders behandeln. Aber dann suche ich mir die Bank aus."

Am Tag der Abreise fuhr er allein. Sie hatten sich über ein Jahr lang nichts leisten können, das hatten sie nun schnell nachgeholt. So war der Kleinkredit der Bank rasant schmal geworden. Zum Schluß mußten sie sogar haushalten, damit wenigstens noch Geld für die Fahrkarte und für die Übernachtung übrig blieb. Eigentlich wollte er mit dem Auto rüber fahren, aber hätten ihn seine Mieter in dem alten Schlitten gesehen, sie hätten ihn nicht für voll genommen. So war es schon besser, mit dem Zug zu fahren. Nach der Maueröffnung waren sie einige Male drüben gewesen, aber dann ließ das Interesse bald nach. Nun konnte er es kaum erwarten, Klapphausen zu erobern.

Das Nest war wirklich nicht gerade der Mittelpunkt der Welt; er hatte dreimal umsteigen müssen, so abgelegen war es. Schließlich hielt der Bummelzug gemächlich vor einem rostroten Bahnhofsgebäude. Der Bahnhof hatte schon lange keine Farbe mehr gesehen. Es roch nach Urin in der Halle und überall blätterte Farbe ab. Er war der einzige, der hier ausstieg.

Hinter dem Schalter schaute mürrisch eine Frau auf, als störe hier ein Reisender. Rolf Bitter zupfte an seiner feinen Krawatte. Das war kein Ort für einen Mann in solch einem Anzug; hoffentlich paßte die Stadt besser dazu. Fünf Taxis standen auf dem Parkplatz. Rolf Bitter überlegte, ob er eins nehmen sollte, aber im Hinblick auf seine nicht allzu üppige Reisekasse, ging er lieber zu Fuß.

Der Bahnhof lag ein ganzes Stück außerhalb von Klapphausen. Zum Glück war scin Koffer nicht allzu schwer. Nur ein einziges Mal hatte er seinen Bruder nach dem Mauerbau besucht. Wieso der Bruder sich in diesem Kaff niedergelassen hatte, blieb ihm unklar. Immerhin führte vom Bahnhof eine schöne Allee mit einigen prächtigen Villen in den Ort hinein. Ein wenig zuversichtlicher packte er den Koffer und ging festen Schrittes los. Zwei Villen wurden schon rekonstruiert und unterschieden sich deutlich von der übrigen Tristesse. Er hörte jetzt deutlich den Autoverkehr. Also war die Stadt nicht ganz so tot, wie es ihm seine schlimmsten Befürchtungen suggeriert hatten. Eine antike Stadtmauer gab es, eine Kirche, eine große Straßenkreuzung – die Stadt begann für Rolf Bitter zu erwachen.

Er mußte sich zu seinem Grundstück durchfragen. Eine ältere Frau beschrieb ihm ausführlich den Weg. Rolf Bitter traute sich nicht, nach dem Zustand des Hauses zu fragen. Falls es eine Enttäuschung werden sollte, wollte er sie noch hinauszögern. Zweifellos gehörte sein Haus zu den Grundstücken in der zentralen Lage; nur das war sicher. Endlich hatte er die richtige Straße. Der Große Weg schloß sich unmittelbar an die Straße mit den meisten Geschäften an. Besser wäre es gewesen, hier etwas zu haben, aber er wollte nicht unzufrieden sein. Er ging den Großen Weg entlang und inspizierte die Häuser; irgendeins mußte ihm ja schließlich gehören. Er vertraute auf sein Gedächtnis, aber es fiel ihm nicht mehr ein, in welchem Haus er vor vielen Jahren seinen Bruder besucht hatte. Außerdem war es damals dunkel gewesen, und Rolf Bitter stolzierte seinerzeit nicht auf der Straße entlang, sondern er schlich beinahe heimlich zum Bruder. Es war eher ein illegaler Besuch gewesen. Er war bei den früheren Behörden nicht sonderlich beliebt gewesen, weil er einfach abgehauen war damals, als es noch problemlos ging.

Rolf Bitter suchte in seiner Tasche nach dem Bescheid vom Amt. Großer Weg Nummer 56. Er stand genau vor Haus Nummer 56. Ein eingeschossiger Bau mit Spitzdach. Der Putz noch halbwegs dran, die Fenster, wie Augen schauten sie auf ihn herab, könnten einen Anstrich gebrauchen oder müßten ganz ausgewechselt werden. Ein paar verlassene Bäume säumten den Straßenrand. Das Haus behauptete sich, eingezwängt zwischen den andern Eingeschossern.

Es war ein Geschäftshaus, frohlockte er. Im Parterre eine öffentliche Toilette. Eine Boutique wäre besser gewesen, aber das hier war auch was. Wieviel Kredit ihm die Bank wohl hierfür geben würde? Daß er immer gleich ans Geld dachte, störte ihn sogar selbst. Er wollte erst einmal genießen. Das war also seins. Er zog die Krawatte zurecht und stemmte die Hände in die Hüften. Er fühlte sich plötzlich besser. Ständig war er in den letzten Jahren gerade so über die Runden gekommen. Immer drohten die hohen Ratenzahlungen seine Existenz zu vernichten. Aber nun würde alles anders werden. Erst in diesem Moment wußte er, wie so ein Glücksgefühl war: Man atmete einfach leichter.

In Gedanken hatte er seine Sätze schon vorformuliert. Er würde sich als der neue Vermieter vorstellen. Dann vielleicht einen kleinen Scherz anbringen, damit die Leute die unterschwellige Angst vor dem Vermieter verlieren. Aber dann würde er konkreter werden. Wie der letzte Schritt aussehen sollte, würde er von der Situation abhängig machen. Er holte noch einmal tief Luft und ging über zur Tat.

Zuerst zu den öffentlichen Toiletten. Es sah alles sauber aus, und es roch nicht nach Urin, so wie auf dem Bahnhof. Wer das wohl so in Schuß hielt, fragte er sich. Er ging ans Becken und entleerte sich, dabei prüfte er die Wände nach Nässeschäden ab. Es war nichts zu erkennen. Ein paar Spinnweben zierten eine Ecke des Raumes, die Wände waren schlicht geweißt, es sah eher nach einem Stall aus. Öffentliche Toiletten müssen ja nicht aussehen, wie unsere Pinkelpaläste im Westen, fand er. Er sah sich noch ein wenig um, aber mehr gab es hier nicht zu entdecken. Ein bißchen spannender hatte er sich seine Besitzergreifung schon ausgemalt. Also verließ er den Raum, es gab schließlich noch mehr zu sehen.
„He, wollen Sie nicht bezahlen!"
Eine wütende Stimme in seinem Rücken, erschrocken dreht er sich um. Sie war um die Fünfzig und sehr korpulent. Sie trug eine abgrundhäßlich geblümte Schürze. Ihre Augen drohten ihn zu zerstückeln.
„Ist das bei Ihnen im Westen so üblich, nicht zu bezahlen?" setzte sie noch einen drauf.
„Nein, natürlich nicht", stammelte er. Aus seiner Anzugtasche fummelte er eine Mark. Eigentlich zuviel für so eine Dienstleistung, aber er fand kein kleineres Geldstück. Zudem hatte sie ihn ganz offensichtlich als Westdeut-

schen identifiziert. Woran, blieb ihm unklar. Er gab ihr die Mark. Eine Sekunde lang überlegte er, ob er das Wechselgeld annehmen oder großzügig ablehnen sollte. Sie machte allerdings keine Anstalten, ihm überhaupt etwas zurück geben zu wollen. Jetzt war er für sie entlassen. Sie drehte sich um und verschwand in einer Tür. „Warten Sie", rief er. Aber er traute sich nicht weiter. Vor der Tür hing das Schild „Damen". Aus Gründen der Scham verhielt er im Schritt. Ratlos stand er vor der Tür zur Damentoilette. Zaghaft klopfte er. Da sich nichts regte, klopfte er stärker, immerhin war er der Eigentümer von dem ganzen. Sie riß die Tür mit einem Ruck auf.
„Was wollen Sie denn noch?"
„Mein Name ist Rolf Bitter", stellte er sich schüchtern vor. „Ja und!?" bellte sie zurück.
Mit dem nächsten Satz würde er sie kleinkriegen: „Ich bin der Eigentümer dieses Hauses." Diesen Satz sagen zu dürfen, darauf hatte er drei Wochen gewartet. Dieser Satz bedeutete Macht. Er hatte sich in den letzten Jahren allzuoft ducken müssen vor seinen Chefs und vor der Bank. Jetzt war er Chef, und von ihm ging die Angst aus.
Sie antwortete nicht, sondern sah ihn nur weiter an. Es hatte offenbar seine Wirkung getan.
„Darf ich Sie einen Moment sprechen?", fragte er nun ganz weltmännisch und streckte ihr seine Hand entgegen. Erst die Kräfteverhältnisse klarstellen, dann die Hand reichen aus der Position der Stärke heraus. Das war anders als so ein kriecherischer Händedruck als Untergebener, den man auf keinen Fall ablehnen durfte. Ganze Kapitel waren in entsprechenden Ratgebern dem Händedruck gewidmet. Er sollte fest und entschlossen sein. Allerdings auch nicht zu fest, und er sollte dem Gegenüber nicht das Gefühl des Verdrängens vermitteln; es waren allesamt Ratschläge für ‚Arme Würstchen'.

Die Frau fand ihre Sprache wieder. Erleichtert öffnete sie die Tür bis zum Anschlag. Seine Hand übersah sie.
„Das wurde ja auch Zeit, daß Sie sich hier endlich blicken lassen. Ich bin schon in Schwierigkeiten gekommen, weil Sie sich überhaupt nicht gemeldet haben. Ich bin die Herta Kuttner."
Rolf Bitter verstand zwar nichts, aber das war im Moment auch nicht so wichtig. „Ich war geschäftlich unterwegs", log er. Sie bot ihm im Vorraum der Damentoilette einen Platz auf einem Rohrstuhl an. Flink räumte sie Aschenbecher, leere Kaffeetasse und einen mit Kuchenkrümel bedeckten Teller ab.
Rolf Bitter fühlte sich unbehaglich. Hoffentlich kommt jetzt keine Frau rein,

dachte er bekümmert. „Sie trinken doch sicherlich einen Kaffee mit“, fragte sie und wartete gar nicht erst die Antwort ab. Schnell hatte sie die Kaffeemaschine angeworfen. Er ließ es sich nicht anmerken, daß er hier den Kaffee nur aus Höflichkeit trank. „Ich habe mir schon Sorgen gemacht, daß Ihnen etwas passiert sein könnte“, schnatterte sie unbekümmert weiter. „Die vielen Unfälle heutzutage, und keiner konnte mir ihre Adresse sagen. Wo haben Sie denn ihr Auto stehen?“

„Ich bin mit dem Zug gekommen, das spart Zeit, wegen der vielen Staus“, log er wieder.

„Das sagte mein Sohn zwar auch ständig, aber dann fährt er doch wieder mit dem Auto. Aber sie aus dem Westen wissen eben doch besser Bescheid und sind nicht so unvernünftig und wollen unbedingt alles mit dem Auto erledigen. Das werde ich meinem Sohn auch erzählen.“

„Warum haben Sie denn auf mich gewartet?“ schnitt er den Redefluß der Frau ab. „Wegen dem Geld! Ich bin doch quasi Ihre Angestellte. Die Stadtverwaltung knausert schon seit Wochen mit meinem Lohn herum. Ständig sagen die mir, daß sie sich jetzt nicht mehr zuständig fühlen für meinen Lohn.“ Er hörte sich das Gerede in Ruhe an. Jetzt eine Diskussion mit dieser energischen Frau heraufzubeschwören, erschien ihm nicht ratsam.

„Sie wollen also, daß ich Sie bezahle“, faßte er ihr Gesagtes zusammen. Sie nickte nur. „Und wieviel – meinen Sie – hätte ich Ihnen monatlich zu geben?“ Rasch holte sie einen Aktenordner aus einem Schrank und blätterte darin.

„Hier, das sind meine Verdienstbescheinigungen der letzten Monate. Das plus die Tariferhöhung, die ab nächsten Monat zu zahlen ist, bekomme ich in Zukunft von Ihnen. Außerdem ist nächsten Monat das Urlaubsgeld fällig, aber das sind nur ein paar hundert Mark.“ Es war keinerlei Spott in ihrer Stimme. Sie meinte es tatsächlich so, wie sie es sagte. Sprachlos blätterte er zwischen den Papieren. Er verstand das alles nicht. Als einzige Tatsache fiel ihm die vierstellige Summe ins Auge, das wurde der Frau Kuttner monatlich gezahlt von der städtischen Behörde. Diese Plappertasche bildete sich doch nicht ernsthaft ein, daß er ihren Lebensunterhalt finanzieren würde. Er zwang sich zur Ruhe. Am liebsten hätte er sie angeschrien, denn sie redete immer noch ununterbrochen vom Geld. „Das können Sie vergessen“, schrie er schließlich seine Antwort. Seine Worte hallten nach in diesem gekachelten Raum, aber endlich war es still. Er hatte es ihr diplomatischer sagen wollen, aber es ging nicht. Was bildete die sich auch ein. Dachte wohl, er sei eine Wohlfahrtseinrichtung.

„Das werden wir erstmal sehen, ob ich was kriege oder nicht“, polterte sie los, nachdem sie die Fassung wiedererlangt hatte. Sie wies ihm die Tür, und er lief wütend raus. Das hatte er sich in der Tat anders vorgestellt. Er konnte kaum einen klaren Gedanken fassen. Er rannte ohne auf den Verkehr zu achten über die Straße. Ein Auto bremste voll, aber er nahm das nicht zur Kenntnis. Vor Wut zitternd, verharrte er auf der gegenüberliegenden Straßenseite. Er zählte bis zehn. Damit bekam er seine Gedanken wieder in den Griff. Er wandte sich um und sah sein Haus an: Das alles gehörte ihm, und das war entscheidend. Er lief los, es war fast eine Flucht. Eigentlich hätte er noch die darüber liegende Wohnung inspizieren sollen, aber sein Bedarf an Diskussionen mit diesen Menschen hier war vorerst gedeckt. Er hatte ohnehin noch viel zu tun. Eine Unterkunft galt es zu suchen, und zum Amt für Vermögensfragen mußte er auch.

Über den Flur liefen geschäftig Männer in ähnlichen Anzügen wie er einen trug. Die Büro-Damen hatten offenbar ihre beste Abendgarderobe an: weiße Rüschenblusen zu schwarzen langen Röcken und hochhackige Pumps. Eine Tür öffnete sich und ein Mann führte seine gebrechliche Mutter auf den Flur.

„Sie hören noch von uns“, rief er drohend ins Büro zurück. Dann faßte er seine Mutter unter den Arm und ging mit ihr langsam den Gang entlang. Rolf Bitter war offenbar nicht der einzige, dem man übel mitspielte.

Endlich wurde er vorgelassen. Genervt schaute ihn ein Mann über die Brillenränder an. Auf seinem Schreibtisch jede Menge Papiere und Akten. Fassen Sie sich kurz, schien das gesamte Ambiente zu sagen. Feindselig reichte Rolf Bitter dem Mann die Hand.

„Ich habe das Grundstück Großer Weg 56 zurückbekommen, deswegen bin ich hier“, eröffnete er das Gespräch.
„Alle sind wegen einem Grundstück hier. Die Leute vor Ihnen wollten das ganze Land zurück, weil es vor sechs Jahrhunderten ihr Königreich war, einfach lächerlich das ganze.“
Der Beamte putzte seine Brillengläser, hielt sie ins Licht und setzte seine Brille wieder auf. Wieder sah er über die Ränder hinweg. „Ich habe meins schon zurück, aber da ist noch einiges unklar.“ Rolf Bitter holte seine Mappe mit den Papieren vor und breitete sie auf dem Schreibtisch aus. Dadurch wurde der Platz noch enger. Der Beamte sah skeptisch auf diesen Papierwust.
„Ich glaube, ich habe den Sachverhalt Großer Weg 56 im Kopf. Sagen Sie mir nur, wo das Problem liegt.“
Und Rolf Bitter berichtete ausführlich von der hitzigen Diskussion mit Frau Kuttner. Der Beamte konnte ein Schmunzeln nur schwer unterdrücken,

dennoch bemerkte es Rolf Bitter. Die feindselige Haltung gegen diesen Menschen flammte in ihm wieder auf. Die hinter den Schreibtischen fühlen sich sogar hier im Osten als was besseres. Der hat diesen Job doch nur durch seine alten Parteiseilschaften ergattert, hat vielleicht früher sogar Grundstücke enteignet und jetzt tut er sich schwer, sie zurückzugeben. Man hat ja so einiges darüber gelesen, wer die Stellen in den Ämtern bekommen hat. Der Ärger drückte in Rolf Bitters Hals, aber er zwang sich zur Ruhe.
„Sie hier im Osten hatten halt ein gestörtes Verhältnis zum Eigentumsbegriff, das verstehe ich ja, aber jetzt sollten Sie schleunigst umdenken“, setzte Rolf Bitter zynisch nach. „Was haben Sie überhaupt vorher gemacht?“ fragte er scharf.
Der Beamte lehnte sich entspannt in den Sessel zurück und schaute gedankenverloren aus dem Fenster.
„Um es gleich vorab zu sagen: Ich komme aus Karlsruhe. Für die meisten Westdeutschen hat sich nach der Wende im Prinzip nichts geändert. Ich darf mich zu den wenigen zählen, für die sich etwas geändert hat: Ich bin hierher gezogen. Damit dürfte ihre Frage beantwortet sein?“
Rolf Bitter fühlte sich jetzt besser. Er hatte keinen sturen Ex-Parteikader vor sich, sondern einen Menschen, mit dem man reden kann. Man war unter sich, das gab dem Gespräch eine andere Note.
„Nun, wenn das so ist ...“, Rolf Bitter beendete den Satz nicht. „Also, ich habe Ihnen das mit der Toilettenfrau ja erklärt, ich denke, Sie stimmen mit mir überein, daß hier ein Irrtum seitens dieser Frau vorliegt.“
Der Beamte lächelte wieder und holte ohne lange zu suchen Rolf Bitters Akte aus dem Schreibtisch.
„Da muß ich Sie leider korrigieren. Sie sind jetzt Arbeitgeber dieser Frau. Sie haben den Angestelltenvertrag mit der Rückführung dieses Hauses übernommen. In Ihrem Bescheid über die Rückübertragung wurde Ihnen mitgeteilt, daß Sie in alle bestehenden Rechtsverhältnisse eintreten. Das sind die Mietverträge und dieser Arbeitsvertrag. Sie hätten innerhalb der gelten Frist Einspruch einlegen können, das haben Sie aber nicht getan. Somit ist der Bescheid mit allen daraus resultierenden Folgen rechtswirksam.“
Fassungslos schüttelte Rolf Bitter den Kopf.
„Das habe ich doch nicht gewußt!“
„Da hätten Sie sich erkundigen müssen, das ist Ihr Problem.“
„Wie werde ich diese Frau denn nun los?“
„Auch das ist Ihr Problem.“ „Kann ich die Frau entlassen ohne Abfindung?“
Der Beamte hob die Schultern. „Auch dafür bin ich nicht zuständig.“
Der Beamte erhob sich und reicht zum Abschied Rolf Bitter die Hand. „Ich

habe meinen Job erledigt, Sie haben Ihr Haus zurück, übrigens als einer der ersten hier im Ort. Um alles weitere müssen Sie sich selbst kümmern; wir Westdeutschen leben bekanntermaßen damit schon viele Jahre, daß wir alles selbst erledigen. Die Ostdeutschen müssen das noch lernen, aber die kapieren das schnell.“
Rolf Bitter übersah die ausgestreckte Hand. Er packte eilig seine Papiere und verließ ohne Gruß den Raum.

Er stand auf der Straße und war erschöpft. Seitdem er sich in dieser Stadt aufhielt, zog er nur den Kürzeren. Er brauchte Ruhe. Die unbequeme Bahnfahrt, dieses Haus, diesen Beamten, dieses ganze gottverlassene Nest hatte er über. Irgendwo mußte es eine Pension geben. Er hätte jemanden fragen können, aber diese Leute hier waren mit Sicherheit feindselig gegen ihn gestimmt. Aus irgend einem Grund erkannten die hier sofort einen aus dem Westen. Vielleicht war es die Krawatte. Die flatterte allerdings schlaff an seinem Hals. Den Knoten hatte er sich spätestens beim Beamten gelockert. Nun ließ er es so. Er gab sich einen müden Ruck und suchte eine Telefonzelle. Im Telefonbuch waren zwei Pensionen verzeichnet. Er rief an, bei beiden war etwas frei.

Lediglich auf ein Stück Pappe war mit Filzstift das Wort Pension geschrieben. Vielleicht brauchte man in diesem Ort nicht mehr an Werbung. Er klingelte. Ein unrasierter Mann in Unterhemd und Hosenträgern öffnete lächelnd die Tür.

„Sie sind sicher Herr Bitter. Seien Sie willkommen in Klapphausen. Sind Sie gut durch den Stau gekommen? Im Radio haben sie einen Unfall auf der Autobahn gemeldet. Der Stau soll fünfunddreißig Kilometer lang sein.“
„Ich bin mit dem Zug hier“, klärte ihn Rolf Bitter auf. „So?“ Der Mann hob die Augenbrauen. Unschlüssig standen sie im Flur herum. Es war ziemlich dunkel, und es roch nach abgestandenem Eintopf. Eine Holztreppe führte nach oben, dort dürfte sich das Zimmer befinden. „Ja nun, kann ich mal das Zimmer sehen?“ drängte Rolf Bitter. „Oh, natürlich.“ Der Vermieter stieg die knarrenden Stufen voran. Es schien als sei dort oben nur noch der Boden. Rolf Bitter war es egal, er brauchte ein Bett. „Unser Sohn hat sich hier oben eine kleine Bude eingerichtet, aber jetzt ist er schon seit Monaten drüben und arbeitet dort. Da haben wir uns gedacht, daß wir das Zimmer ja vermieten können.“ Der Mann holte einen Schlüssel aus der Tasche. Rolf Bitter hatte schon seit Ewigkeiten keinen Schlüssel mehr mit einem Bart gesehen.
„Das ist das Zimmer“, sagte der Vermieter beim Licht anknipsen. An der

Wand Plakate von Popsängern und Fußballmannschaften. Ein Regal mit ein paar Büchern, dazwischenliegend undefinierbare elektronische Bauteile. Ein Tisch, ein Stuhl, ein abgeschabter Teppich und ein Federbett. Auf dem breiten Fensterbrett eine Keramikschüssel, darin eine große Karaffe.
Deprimiert sah sich Rolf Bitter das Kinderzimmer eines Halbwüchsigen an. Unter jedem anderen Umstand hätte er jetzt kehrt gemacht, bloß nicht nach solch einem Tag. „Was soll es denn kosten?" fragte er schließlich. Der Mann gab vor, wohlwollend zu überlegen, so als wolle er einen besonders günstigen Preis anbieten. Endlich murmelte er einen Betrag. Rolf Bitter konnte nichts mehr schockieren an diesem Tag, eigentlich hatte er so etwas schon geahnt. „Ist das wenigstens mit Vollpension?"
„Vollpension?" Der Mann hob wieder die Augenbrauen.
Herta Kuttner sah sich gerade die Nachrichten im Fernsehen an. Das gehörte zu ihrem Tagesrhythmus. Tagsüber las sie Zeitung und einmal wöchentlich eine Illustrierte. Sie war somit gut informiert. Diese Klatschzeitungen hatte sie allerdings bald satt gehabt. Anfangs war es ja wirklich interessant zu lesen, welche adelige Familie wo gerade Urlaub machte, aber auf die Dauer war es dann doch zuviel für sie. Sie fuhr zusammen als es klingelte. Um diese Zeit war es selten, daß noch jemand zu ihr wollte. Es war doch hoffentlich nicht wieder ein Vertreter, der ihr eine Zeitung aufschwatzen wollte. Vorsichtig fragte sie durch die Tür, wer da sei.
„Ich bins!"
„Wer ist ‚ich'" reagierte sie drohend.
„Na, ich, der Herr Bitter, Rolf Bitter. Sie wissen schon, ich war heute nachmittag bei Ihnen in der Toilette."
Es fiel ihr nicht leicht, die Tür zu öffnen, aber schließlich konnte sie den Mann nicht einfach draußen stehen lassen. Er hatte wirre Haare, sein Anzug hing schlaff auf seinen Schultern, deutlich übermüdet stand er vor ihr und suchte nach Worten.
„Ja, was wollen Sie denn noch?" herrschte sie ihn an, da sie aus seinem Gestammel nicht klug wurde.
„Ich kriege hier keine Unterkunft. Alles ist voll." Er sah sie flehend an.
„Dann fahren Sie halt einen Ort weiter." Obgleich sie wußte, daß um diese Zeit nichts mehr fährt. „Ich weiß nicht, wo das ist ..."
Offensichtlich hatte er nun vollkommen die Sprache verloren. Mit gesenktem Kopf stand er vor ihr und stammelte, ob er heute bei ihr unterkommen könnte.
Herta Kuttner hatte ein weites Herz. Mit einer Kopfbewegung deutete sie nach drinnen. Er nahm seinen Koffer und schob sich an ihr vorbei.

Oliver Hohlstein

Mein Paladin und ich

Ich war wirklich in der allerbesten Laune an jenem Abend. Eine Party bei Freunden nach einem gestreßten Arbeitstag, was will man mehr. Ich kannte auch Markus' Schwäche für mittelalterliche Geschichten, in denen Drachen, Kobolde, Prinzessinnen und ähnliches vorkam. Aber ich wußte nicht, daß er mich just an diesem Abend in ein Spiel einführen wollte, daß auf solchen Geschichten aufbaute.

Nichtsahnend klingelte ich an seiner Tür. Markus öffnete.
Ein weißes T-Shirt und die verwaschene Jeans, die er wie immer trug, fielen mir sofort ins Auge.
Er empfing mich mit einem überschwenglichen Enthusiasmus.
„Super, daß du kommst. Kannst gleich den vierten Charakter in unserem Spiel übernehmen." Eigentlich halte ich solch unerwartete Einspannung in irgendwelche Aufgaben für äußerst unangenehm. Nicht, daß ich bei einer Party nicht dazu beitragen möchte, daß sie ein Erfolg wird. Aber ich werde lieber vorher über solche Aktivitäten informiert, als so plötzlich damit überrumpelt zu werden.
Außerdem störte mich Markus' bestimmender Tonfall, der keinen Widerspruch duldete. Trotzdem ließ ich mich zu diesem Spiel überreden, was ich mir wohl noch gründlicher überlegt hätte, wenn ich gewußt hätte, was mich erwartete.

Die kurze Diele, von der zwei Türen abgingen, die zu Bad und Schlafzimmer führten, endete in Markus' kleiner Dachstube. Diese war einfach eingerichtet: eine Couch, drei Stühle und ein für die Zimmergröße zu großer Tisch. Auf letzterem lagen, neben einer fast unüberschaubaren Menge Papier, einige Chips, Salzstangen und ähnliches Knabbergebäck, das mindestens ebenso schmackhaft wie ungesund war. Markus verabschiedete sich kurz, um aus der Küche, die sich in einem Nebenraum befand, einige Gläser und Getränke zu holen. Die Gesellschaft, die in der Dachstube versammelt war, bestand bereits aus drei Leuten: Auf der Couch hatte es sich Karsten bequem gemacht, der mir vor zwei Wochen meine Freundin Silke ausgespannt hatte. Ich war nicht gerade darüber erfreut, ihn so schnell hier wiederzusehen. Markus hatte noch nie viel Fingerspitzengefühl dafür bewiesen, wen er auf einer Party zusammenbringen konnte und wen nicht.

Neben Karsten saß, eng an ihn gekuschelt, Silke. Bei ihrem Anblick durchfuhr mich sofort wieder dieses eigenartige Brennen, das sich wie ein Stich durch das Herz anfühlt, sich dann über den gesamten Brustkorb bis in die Magengegend ausbreitet und ein unangenehmes Nachgefühl hinterläßt. Die traute Zweisamkeit der beiden gefiel mir überhaupt nicht, ganz besonders deswegen, weil ich nicht daran teilhaben konnte. Der dritte Spieler war Tobias, der mich nur kurz eines Blickes würdigte, um mich zu begrüßen, sich dann aber sofort wieder über einen Stapel von Blättern beugte, um mit Bleistift und Radiergummi mehrere Änderungen darauf vorzunehmen.

Als ich mich zur Küche umdrehte, kam Markus auch schon mit fünf Gläsern und zwei Flaschen Cola zurück. Ich nahm ihm die Gläser ab und verteilte sie an die Mitspieler. Er stellte die Colaflaschen daneben und setzte sich wieder ans Tischende.

Nachem sich jeder mit Getränken versorgt hatte, drückte Markus mir ein paar Würfel und Zettel in die Hand. „Du kannst inzwischen ja schon mal deinen Charakter auswürfeln." Mir war nicht ganz klar, was er damit meinte. „Wieso meinen Charakter? Den habe ich doch schon seit meiner Geburt!"

„Nein, nicht DIESEN Charakter", lachte er, obwohl ich mir nicht bewußt war, etwas lustiges gesagt zu haben. „Ich meine deinen Spielercharakter. Das ist gewissermaßen die Figur, die du im Spiel darstellen willst."

Ich war nicht sicher, ob das Wort „wollen" hier angebracht war, hielt mich aber mit Kommentaren zurück.

Die folgenden Minuten verbrachte ich voll und ganz damit, die Informationsflut zu verarbeiten, die auf mich einströmte. Markus war noch nie geschickt darin gewesen, etwas so zu erklären, daß man es verstand. Danach kam ich aber zu folgendem Ergebnis: Ich sollte mir meine Spielfigur, deren Eigenschaften ich auf einem Blatt, dem sogenannten Charakterblatt, notiert hatte, vorstellen und sie dementsprechend darstellen. Ich würfelte also munter darauflos und notierte mir die entsprechenden Summen auf einem Blatt Papier. Danach suchte Markus die Felder aus, in denen ich die Werte auf meinem Charakterblatt notieren sollte.

Kaum hatte ich die Werte eingetragen, redete Markus weiter auf mich ein, wobei er regen Gebrauch von seinen Armen machte, um seinen Worten mehr Nachdruck zu verleihen. „Du spielst jetzt am besten einen Paladin."

Ich hörte dieses Wort zum ersten Mal in meinem Leben, daher fragte ich Markus, worum es sich dabei handelte. Ohne es zu wollen, streifte mein

Blick dabei Silkes Augen. Ich mußte wohl gerade wieder diesen hilflosen Ausdruck im Gesicht haben, den sie immer als „ganz süß“ bezeichnet hatte, als wir noch zusammen waren, denn sie schaute mich mit einem aufmunternden Lächeln an. Das Gefühl, das damit wieder zur mir zurückkehrte und das sie so gut zu wecken verstand, versuchte ich dadurch zu überspielen, indem ich mich Markus zuwandte.

„Ja, also, ein Paladin, das ist so eine Art Mischung aus Priester und Krieger. Ein Kriegerpriester halt ...“ Diese Erklärung erschien mir auch nicht sehr aufschlußreich, aber wenigstens wußte ich jetzt, womit ich es zu tun hatte.

Auf dem gegenüberliegenden Tischende hörte ich jetzt Tobias Stimme: „Die Bezeichnung geht auf Karl den Großen zurück, der ein paar Helden an seinem Hof so nannte!“ Soso, man lernt an so einem Abend also auch noch Geschichte.

Silke warf mir einen aufmunternden Blick zu.
„Keine Angst, das Spiel ist wirklich viel einfacher, als es sich anhört. Ich war zuerst auch skeptisch, aber seit Karsten mich letzte Woche dazu gebracht hat, mitzuspielen, finde ich es wirklich lustig. Man kann so viel machen!“ Mit diesen Worten beugte sie sich zu Karsten hinüber und küßte ihn. Ich fühlte mich sofort wieder unwohl.

Nachdem mir der „Spielcharakter“ also aufs Auge gedrückt wurde, begann das eigentliche Spiel.

Dieses bestand zunächst einmal darin, daß Markus einen langen Vortrag hielt, was wir, das heißt unsere Spielfiguren, in den letzten Stunden erlebt hatten. Während dieser Erklärungen machten wir uns daran, die auf dem Tisch verteilten Nahrungsmittel zu dezimieren. Im Verlauf des Berichts erfuhr ich, daß Karsten einen Krieger spielte, Tobias einen Dieb und Silke eine Magierin. Wir befanden uns gerade alle in einem alten Wirtshaus am Wegesrand einer Straße und warteten auf Abenteuer.

Daraufhin erklärten wir dem Spielleiter, das heißt Markus, was die Figuren, die wir spielten, dachten, sagten und taten. Die Idee gefiel mir ganz gut. Man konnte wirklich eine ganze Menge machen, wie Silke es gesagt hatte.

Nachdem sich der Dieb, der Krieger, die Magierin und der Paladin mit einigen Stücken Fleisch und ein paar Gläsern Wein aus dem Keller des Wirts gestärkt hatten, trat ein Händler an die vier heran. Er bat sie, die Karawane, die er befehligte, als Wachen zu begleiten.

Da die vier zur Zeit sowieso auf Abenteuer warteten, willigten sie in diesen Vorschlag ein. Die folgende Nacht verging ereignislos.

Am nächsten Morgen wurde nach einem üppigen Frühstück aufgebrochen. Bis auf den Dieb bezahlten alle ihre Unterkunft. Dieser bezahlte zwar auch, nahm dem Wirt aber gleich darauf das Geld wieder ab.

Währenddessen fingen auch die Knabbervorräte auf dem Tisch an, zur Neige zu gehen. Markus öffnete eine neue Tüte Chips und schüttete einen Teil des Inhalts in eine auf dem Tisch stehende Schale.

Die Karawane zog nach Norden durch eine eintönige Steppenlandschaft. Kurz vor der nächsten großen Stadt stürmten plötzlich eine Menge Räuber von allen Seiten auf die Karawane zu.

„Komisch, daß wir die in einer so öden Landschaft nicht früher bemerkt haben", meinte Tobias und nahm einen Schluck Cola. „Naja", entschuldigte sich, während er seine Arme vor dem Körper kreisen ließ. „Es war eben eine Zufallsbegegnung." Diese Erklärung schien für die anderen auszureichen, mich verwirrte sie nur.

Die Räuber wurden schließlich in einer kurzen Schlacht besiegt, bei der ich meinen Paladin zusammen mit Karstens Krieger einsetzen konnte. Tobias' Dieb schoß derweil ein paar Pfeile ab und Silkes Magierin verjagte den Rest der Räuber mit einigen Feuerbällen …

Nachdem die Schlacht vorüber war, blieben die Magierin und der Paladin in einer der Kutschen zurück, während der Krieger und der Dieb die Umgebung bewachten.

Silke schrieb dabei etwas auf einen der Zettel und gab ihn Markus herüber. Er laß ihn, nahm seinerseits wieder einen Zettel, schrieb etwas darauf und reichte ihn zu mir herüber.

Ich wunderte mich wirklich, denn darauf stand: „Sie hat dich mit einem Liebeszauber belegt. Du bist in sie verliebt!" Dazu hätte es – zumindest in der Wirklichkeit – überhaupt keines Zaubers bedurft.

Wollte sie mich vielleicht mit dieser Spielerei ärgern? Wohl schon, aber ich kann mich nicht erinnern, jemals so gern geärgert worden zu sein. Sie schrieb wieder etwas auf den Zettel und schob ihn zu mir herüber. Die Nachricht darauf war: „Ich küsse dich und versuche, dich zu verführen!"

Bis jetzt fand ich das Spiel noch ganz originell, aber nun war ich doch beunruhigt. Das Spiel, das Silke jetzt mit mir trieb, ging mir doch zu weit. In diesem Augenblick holte sie mich auf den Boden der Tatsachen zurück. „Die Magierin will doch nur ausprobieren, ob sie das Zaubern noch nicht verlernt hat.“ Da begriff ich, daß alle Zettel nichts mit Silke und mir zu tun hatten, sondern nur für die Magierin und den Paladin von Bedeutung waren. Jetzt wünschte ich mir doch, in seiner Situation zu sein.

Die Magierin und der Paladin verbrachten tatsächlich die Folgende Nacht miteinander und hätten vielleicht sogar geheiratet, aber der Spielabend neigte sich doch deutlich seinem Ende entgegen.

Ich weiß nicht, ob Karsten etwas von unserem geheimen Briefverkehr mitbekommen hatte, er ließ sich aber nichts anmerken. Es war mir auch völlig gleichgültig.

Der Abschied von Silke verlief trostlos. „Also, mach's gut“, war das einzige, was sie mir wünschte, bevor sie zu Karsten in den Wagen stieg.

Sie hatte den Zauber des Spiels abgelegt. Es gab keine Magierinnen, Paladine, Diebe und Krieger mehr. Es blieben nur noch wir beide übrig. Im Traum waren wir so frei, wie wir es in der Realität nie sein können; und der Traum war nun der Fluch, mit dem sie mich allein ließ und mit dem ich leben mußte.

Ich habe seitdem nie wieder dieses Spiel gespielt, frage mich aber doch manchmal, wie es meinem Paladin und der Magierin geht.

Visionär-futuristisch in das nächste Jahrtausend:

Ulla K. Meyer

DER ALTE

Es ist die fünfte Jahreszeit, denkt sie. Die junge Frau lehnt am Fenster, beobachtet die von der späten Oktobersonne goldgelb gefärbten Blätter. Sie schaukeln an schwarzen Ästen vor der hochgezogenen Betonwand mit den in gleichen Abständen weiß aufgereihten Augenquadraten. Die noch grünen Blattfinger winken ihr zu. Über Fußgängerwege eilen Menschen.

– Den Winter rufen sie. Aus den Betonblöcken rufen sie ihn herbei, flüstert sie gegen die Glasscheibe, aus den Köpfen. Dort wohnt sie schon, die Kälte des Winters. Bald wird er kommen.

Mit einer Hand wischt sie ihren Atemhauch von der Glasscheibe fort.

Nicht mehr lange wird es dauern, dann wird sie nichts mehr fortwischen können, und es wird kalt und klirrend in ihr siebtes Fenster wachsen. Enger zieht sie sich die Wolljacke um die zu schmalen Schultern.

– Bald werden sie uns erreicht haben, die Eiswolken, sagt sie laut zu dem Denkenden in ihrem Zimmer, wir sollten uns verstecken.

Der Denkende hat lange Zeit schon sich über seine Gedanken gebeugt. Er hebt den Blick, streift kurz ihr Gesicht

– Kind, du. Ein Kind bist du! Scharf pfeift er durch seine alten Zähne. Die Eiswolke brauchen wir, ruft er vorwurfsvoll.

– Warum? Sie schiebt die schwere Gardine vor.

Der Alte schweigt, blickt in seine Gedanken zurück. Die Frau wendet sich um, sieht aus ihrem siebten Fenster auf die andere Straßenseite.

Sieben Tage und sieben Jahre sieht sie auf die andere Straßenseite. Als sie dann Rauch quellen sieht, erst dünn noch, aus den Ritzen eines Fensterquadrats, denkt sie ärgerlich, daß der unachtsame Hausbewohner sein Süppchen hat anbrennen lassen, aber aus den Ritzen der anderen Fenster drängen Rauchfäden. Als Eishaar rieseln sie die Fassaden hinab, sammeln sich weiß in Vorgärten, legen sich auf Buschwerk und noch blühende Herbstblumen. Sie erstarren. Die Eiswolke preßt sich gegen das Tor, übersteigt Zäune, stößt gegen ein angelehntes Fahrrad. Es fällt auf den Fußgängerweg und zerbricht ein weiße Eisstücke.

Dann hat der Eisatem die ersten Menschen erreicht.

Die junge Frau weicht zurück, stürzt zu dem sitzenden Greis, krallt sich in seine Schultern, schüttelte ihn.

– Sieh doch, sieh nur, die Wolke. Sie ist da! Schnell, wir müssen fort! Komm endlich! Komm!

Sie versucht, ihn von seinem gewohnten Platz in ihrem Raum fortzuzerren.

Der Alte aber bewegt sich nicht.

– Du bist noch jung, sagt er ruhig, zu jung um zu begreifen. Laß mich hier. Und du, du tust gut daran, deine Tätigkeiten wieder aufzunehmen. Ich sagte bereits – mit einer unendlich leichten Handbewegung schüttelt er die Fühlende fort – ich sagte bereits, wir brauchen die Wolke. Vor Jahren sagte ich es bereits.

Schneebedeckt starren blattlose Bäume in die schwarzen Augenfenster der Wohnquadrate. Die Einsame starrt zurück, die llichtlosen Häuserfassaden hinunter die Straßenschlucht hinab. Der Eiswind hat sich hinabgepreßt, sich über den grauen Flußbeton gewölbt. Kein Auto fährt mehr.

Auf Fußgängerwegen schieben sich weiße Schachfiguren starr auf ihren Weg. Immer denselben Weg rutschen sie mit einem geraden Grinsen voraus. Rauhreifornamente hat die Wolke auf die lippenbreiten Lachmünder gelegt, aus denen blechern ein hilfloses Lächeln tönt.

Ein kleiner wirrer Wind kommt auf.

Da wankt eine Flaschenfigur ihren runden Ballkopf balancierend hin und wankt her im Atem des scheuchenden Windes. Gegen das unbewegte Grinsen spielt er sein Lachen. Siebenmal torkelt sie hin und her. Dann fällt sie in den hartgetretenen Schnee und springt in siebenmal sieben Stücke. In das Lachen des Windes fällt eine zweite, eine dritte, immer stürmischer weht der Wind, und immer springen sie in siebenmalsieben Stücke, die Steinfiguren. Die standfesten aber rutschen fröhlich grinsend hinter ihren Eisblumengesichtern zu vorsichtig vorbei. Niemand berührt den anderen mehr.

– Sieh doch, sieh! Schreit die junge Frau aufgeregt. Die da unten. Es sind keine Menschen mehr. Die Wolke hat ..., sie preßt ihre Hand weit gegen den Fenstergriff, als könne sie es aufhalten. Hilflos blickt sie zurück zu dem Greis. Dieser erhebt sich endlich.

Ruhig schreitet er zum Fenster, beugt sich mit der langsamsten Bewegung vor. Dann sieht er in das Morgen.

Lange verharrt er so.

– Was ist der Mensch? fragt er plötzlich.

Sie ist überrascht, daß er ihr eine Frage stellt. Er, der Antwortende in ihrem Zimmer fragt. Die Frau schweigt in den Eisschnee hinaus.

– Siehst du. Er streicht sich eine graue Haarsträhne aus der faltigen Stirn. Jetzt endlich kommt sie, die Wolke. Lange habe ich auf sie gewartet.

Er lacht entspannt, fast erleichtert klingt es, dieses Lachen.

Der Wind bläht sich. Wilder Sturm jagt durch die Häuserschlucht. Steinfiguren schlagen jetzt hart auf den Eisboden, fallen in siebenmalsieben Scherben. Immer mehr zerschlägt der Eiswind. Das Klirren der stürzenden

Steinmenschen kriecht über gaffende Blechwagen die Häuserfassaden hinauf, bleibt vor ihrem Fenster stehen.

Der Alte lehnt sich plötzlich zurück. Seine Augen formen sich zu schmalen Schlitzen. Dann fängt er an zu lachen.

– Da! schreit er, und seine Stimme klingt blechern. Da siehst du endlich den Grund!

Sein wirres Lachen wächst, schwillt so laut an, daß es sich mit dem Eiswindgeheul mischt. Nun brüllt der Alte sein scharfes Hohngelächter aus dem schwarzen Schacht des siebenten Fensters, schleudert es dröhnend gegen die Eiswolke.

– Ein schöner Grund nun, der da unten, schreit der wahnsinnige Greis, nun ist er hier, an deinem siebenten Fenster, der glatte Grund. Meine Güte! Wie brauchten wir ihn! Wie brauchten wir ihn doch, um ... – sein Lachen wächst mit dem Eissturm zu einem ohrenbetäubenden Orkan.

– Fröhlich ... fröhlich ... fröhlich ..., bellt er in seinem Lachen. Es preßt sich gegen ihren alten Lebensrahmen, der ihre Glaswand hält. Sie zittert. Der Alte bemerkt es nicht.

– ... Um fröhlich so weiterzumachen wie bisher, gröhlt er. So weiterzumachen wie bisher, brüllt er gegen ihre dünne Scheibe aus Glas.

Dann streckt er triumphierend die Hand aus dem Heute gegen das Morgen.

Plötzlich hört sie das Klirren.

Dann ist es still.

Als sie endlich von ihrer gewohnten Tätigkeit aufblickt, meint sie, ein lautes Knallen gehört zu haben, dann bemerkt sie das aufgestoßene Fenster hinter der Gardine. Ihr Blick sucht den anderen. Doch niemand ist mehr in ihrem Raum.

Die alte Frau schließt einsam das Fenster, an dessen Rahmen gezacktes Glas hilflos in die leere Herbstluft sticht. Blattfetzen tanzen an schwarzen Ästen zitternd zwischen noch grünen Windherzen vor den fassadenglatten Augenfenstern.

Unter ihrem Fuß knirscht Glas. Beim Hinabbeugen entdeckt sie siebenmalsieben Scherben, in denen sich siebenmalsieben Mal das alte Grinsen spiegelt. Rauhreifornamente hat der zu kalte Wind auf die lippenbreiten Lachmünder gelegt. Blechern tönt sein hilfloses Lachen zu ihr hinauf.

Entschieden legt sie ihre noch warmen Finger auf das Eislachen des Alten.

„Nein", sagt sie und steht auf.

Autoren-Verzeichnis in der Reihenfolge der Beiträge

GÜNTER K. P. STARKE: Journalist, geb. 1927 in Wolfenbüttel, lebt heute in Braunschweig, Autor der Bücher: »Mensch, sei helle«, »Braunschweiger Kinder«, »Die gute alte Zeit«, »Flieg mit über Braunschweig – Geschichte der Luftfahrt, des Flugsports und der Forschung« und »Das Inferno von Braunschweig – Und die Zeit danach. Das Buch beschreibt das letzte Kriegsjahr des 2. Weltkrieges und den Wiederaufbau von 1948–1950. Günter Starke erhielt 1991 das Bundesverdienstkreuz am Bande des Verdienstordens der Bundesrepublik Deutschland.

DR. HANS BECHER: Ethnologe, geb. 1918 in Berlin, lebt heute in Hamburg und Hannover, führte mit Unterstützung der Deutschen Forschungsgemeinschaft und der VW-Stifung Expeditionen im brasilianischen Urwald durch. Direktor a. D. der Völkerkunde-Abteilung des Landesmuseums von Hannover, Dr. Becher führte zahlreiche wissenschaftliche Untersuchungen und Forschungen durch, Herausgeber der »Völkerkundliche Abhandlungen«.

ROSEMARIE GLEISS: Jahrgang 1926, Tochter eines Pfarrers in Wilhelmshaven, ab 1938 in Berlin, 1943 Heirat mit dem Chemiker Reinhard Gleiss. 1950 Jahrespreis des Deutschen Schriftstellerverbandes, seit 1978 Mitglied des DAV.

RENATE MÜLLER-PIPER: abgeschlossenes Pädagogik-Studium in Göttingen. Fernstudium Uni Tübingen „Literarische Moderne“ mit Prädikat. Die Autorin schreibt bevorzugt (kurze) Krimis und Ironesken. 1987 Krimi-Preisträgerin beim Kulturrat Göttingen. Zahlreiche Publikationen in Einzelbänden, Anthologien, Zeitschriften, Lesungen vielerorts.

EDELTRAUT RICKE: lebt in Essen, schrieb Kurzgeschichten und Romane. Viele Veröffentlichungen in Tageszeitungen. Heute schreibt sie nur noch Liebesromane.

IRMTRAUD HENZE: lebt in Dunum/Niedersachsen, vor Pensionierung Volksschullehrerin; schreibt Lyrik und Prosa.

HEINZ LEO MARHENKE: geb. 1921 in Berlin, lebt heute in Celle, Kfz-Meister, selbständig/Handelskontor Marhenke. Autor der Bücher »Marsch durchs Fegefeuer«, »Pausengeschichten«, »Heiteres Brevier«, »Stationen – Berlin, Salzgitter, Köln, Wiezte, Meissen, Königsberg, Celle«.

ILONA PEISS-ENGELBART: geb. 1942 in Hannover, z. Zt. Senioren-Studium in Literatur- und Sprachwissenschaften. Den „ganz normalen Alltag“ mit all seinen Facetten macht sie gern zum Mittelpunkt ihrer Kurzgeschichten.

DEDDINE KUSCHEL-SWYTER: 47 Jahre, geboren und aufgewachsen in Ostfriesland, lebt – nach vielen Jahren im Ausland (Australien und Südamerika) – heute in der Nähe von München, sie arbeitet im Buchhandel und schreibt Kurzgeschichten und Lyrik.

GUSTAV LÜDER: Jahrgang 1930, lebt in Hildesheim. Neben seiner unternehmerischen Tätigkeit schreibt er Lyrik und Prosa. Gedichtbände »Wie der Wind sich dreht«, »Scheibenwischer«, »Die Tüncher«, Roman »Yvonne«. 1977 erhielt Gustav Lüder eine Ehrengabe im „Internationalen Lyrik- und Prosa-Wettbewerb der Literarischen Union“.

BARBARA MACHERIUS: geb. 1945 in Grefenhain. Nach Abitur Beginn eines Medizinstudiums. 1964 illegale Flucht aus der DDR. Seit 1990 Studium der Germanistik. Bücher: »Ich schenke Dir ein Meer«, »Italien – das andere Land«, Lyrik-Band »Windspur«.

ERIKA SUHR: geboren 1940 in Bünde, Sozialarbeiterin, lebt und arbeitet in Bad Pyrmont, schreibt hauptsächlich Lyrik und Kurzgeschichten, eigener Lyrikband, Veröffentlichungen in Anthologien.

HILDE KÖNIG: geb. in Breslau, lebt seit 1946 in Hannover, schreibt vorwiegend Kurzgeschichten, die den Zeitgeist treffen, aber auch immer wieder schmunzeln lassen.

INGRID HAASE, Jahrgang 1932, lebt in Hameln, schreibt vorwiegend Kurzgeschichten, auch für Kinder. Veröffentlichungen in Anthologien, Lesungen vorwiegend in Hameln.

HORST JACOBI: Hannoveraner des Jahrgangs 1950, befaßt sich als Schriftsteller vorwiegend mit Kriminalistischem. Unter anderem entstand von ihm aus einer Reihe von Kurzgeschichten, Erzählungen und Romanen die Kriminalserie »Die Fälle der Roxane M.«, in deren Mittelpunkt eine junge hannoversche Kriminalpolizistin steht.

WILL KNOKE: Ist in der Nähe Hannovers geboren. Die Großstadt hat sein Schreiben geprägt, ebenso die langen Jahre im Schuldienst. Das zeigt sich in seinen Erzählungen, Krippenspielen und auch in anderen, oft sehr kritischen Texten. Lesungen haben ihn u. a. nach Hamburg, Berlin und Innsbruck geführt. Bücher: »Der Graskarpfen« [1993] und »Knokes Nachtexpreß« [1994], freier Mitarbeiter beim WDR (Hörfunk) sowie bei einem Lokalfunk.

PAUL MAETSCHKE: geb. 1956, als Angestellter eines Finanzamtes seinen Lebensunterhalt verdienend, lebt in einem kleinen Dorf namens Groß Lüsewitz und schreibt am liebsten Geschichten, worin Dinge passieren, die gar nicht passieren können.

OLIVER HOHLSTEIN: geb. 1970 in Peine, studiert Betriebswissenschaften/Informatik, für ihn begann Schreiben mit der Schüler-Zeitschrift.

ULLA K. MEYER: Studium der Germanistik, Philosophie und Theologie. Leidenschaftliche Reisende (Asien, USA, Karibik, Mittelamerika). Bis 1986 wissenschaftliche Mitarbeiterin in der EKD. Seit 1993 leitet sie das Autorenseminar der Volkshochschule Hannover. In ihren literarischen Reisetagebüchern, Erzählungen und Romanen wirft sie mit psychologischem Gespür ein Schlaglicht auf das Unbedingte im Menschen in seinen Bedingtheiten.

****

Diese Anthologie wurde bearbeitet von Margarete Röder, sie bedankt sich für die Mitarbeit und Unterstützung bei den Autoren Dr. Hans Becher, Renate Müller-Piper und Günter K. P. Starke.

****